阳光文库

落满白雪的小屋

娄光——著

黄河出版传媒集团
阳光出版社

图书在版编目（CIP）数据

落满白雪的小屋 / 娄光著. -- 银川：阳光出版社，
2024.7. -- （阳光文库）. -- ISBN 978-7-5525-7400
-5

Ⅰ. I247.7

中国国家版本馆CIP数据核字第20247T0N97号

阳光文库　落满白雪的小屋

娄光　著

责任编辑　李少敏　孙世瑾
封面设计　晨　皓
责任印制　岳建宁

黄河出版传媒集团
阳光出版社　出版发行

出 版 人　薛文斌
地　　址　宁夏银川市北京东路139号出版大厦（750001）
网　　址　http://www.ygchbs.com
网上书店　http://shop129132959.taobao.com
电子信箱　yangguangchubanshe@163.com
邮购电话　0951-5047283
经　　销　全国新华书店
印刷装订　三河市嵩川印刷有限公司
印刷委托书号　（宁）0030178

开　　本　710 mm×1000 mm　1/16
印　　张　10
字　　数　150千字
版　　次　2024年7月第1版
印　　次　2024年7月第1次印刷
书　　号　ISBN 978-7-5525-7400-5
定　　价　52.00元

娄光简论

诸 山

　　《落满白雪的小屋》行将付梓，是一件值得庆贺的事情，这是继《门风》之后娄光的第二部小说集，我能从他的文字中嗅到、听到、触到、看到、感觉到一颗赤子之心，如此真切，如此生动。

　　那是土山。土山是个镇，但我从来不喜欢说土山镇，那么就两个字：土山。土山蕴含了太多的微量元素、地域智慧和人生讯息，在海与陆地之间，在天与地之间，土山见证了它脚下若干村庄的兴衰和维系，见证了与这些村庄血脉相连的拼搏、奋斗和不屈不挠。土山可以思考。所有的卑微都是高贵的，所有的艰难都是必需的，土山人以土山的气质再造土山，因此土山从未倒下过。

其中当然有娄光的贡献。娄光年龄没我大，对文学的领悟力却比我强几倍，近些年笔耕勤奋，佳作迭出，成就不俗。娄光为人豪爽、真诚，酒量也好，用后腔音说话，音质如铁，语速快，喜欢熬夜，有时内敛，但娄光显然是为小说而生的，其小说富有灵气，透着些许狡黠。阅读娄光的文字，如同与其人对话。这些年娄光的小说，几乎每一篇我都读过，不需要溢美的是，娄光有着罕见的好的小说感，小说感中融入了实实在在的土山文化元素。追寻下去会发现，娄光把土山人的隐喻多义用到了极致。

土山人的精明可以通过隐喻多义来体现，隐喻多义也成了娄光小说的美学追求之一。刘勰在《文心雕龙》中说："隐以复意为工。"又说："隐也者，文外之重旨者也。"这里的"复意""重旨"，就是文章主旨的模糊性、不确定性。无独有偶，但丁在《致斯加拉亲王书》中曾谈道："通过文字得到的是一种意义，而通过文字所表示的事物本身所得到的则是另一种意义。头一种意义可以叫作字面的意义，而第二种意义则可称为譬喻的，或者神秘的意义"。娄光小说即如此。

比如"电工刀"的力量，就是隐喻的力量，"在家里无聊的时候，春旺一直在玩春山送给他的电工刀，他的电工刀还没等用上工地就放假了。刀子是新的，在阳光下闪闪发亮，刀刃很锋利，春旺就用电工刀割些树条玩。"（《电工刀》）刀的使命是什么，无人不晓，所以不必道破。再如"狼牙"（《晴天里的雨》），总会咬到想咬的对象。

这一切都增强了娄光的辨识度。娄光的小说，无一例外，目光都是朝向底层的，从"玉玲""德平""春旺""魏仔""小家"这些名字即可见一斑，小说关心、关注、关切底层小人物的种种挣扎与向往，每每令人唏嘘。从《风如旧》中的玉玲，到《电工刀》中的春山、春旺兄弟，莫不如此。当然这与作家的生活、工作经历相关，但的确反映了典型的土山人性格。土山人不需要饶舌，大仁大义也以明快的节奏进行，于是我们看到娄光的文字从不犹豫。"村主任德平兴奋得一夜都没睡好，明天要到市里去开表彰大会，整个镇上只有他一个村主任去，心里说不出有多美。晚上做梦，德平梦到自己颤颤悠悠地跨上主席台，手捧奖状，胸戴红花。他嘴角溢出笑意，忍不住'嘿嘿'笑出声来。"（《春光明媚》）"门'吱呀'一声开了，又被风'呼'地顶了回去。一条黄狗从门缝里蹿出来，在无垠的雪地上跑了一圈，然后跷起后腿，在小屋墙角的雪地上浇了一泡尿。门再次被推开，小屋里走出了德长老汉，他头戴一顶褪色的棉帽，帽耳朵在半空中耷拉着，两手各提一个空暖瓶，迈着小心翼翼的步子朝码头走去。雪很厚，踩上去一步一个深深的脚印，发出'吱吱'的声响。太阳从厚厚的云层里探出半边脸，寒风从积雪上掠过，发出长长的呼啸声。"（《落满白雪的小屋》）这些文字，这般编排，只属于娄光，只有娄光。

我不能认同被刻意打上标签的写作，相信任何写作都无关类别。

符号学认为，许多理论问题都可以通过分析、研究表达这些理论所使用的语言符号而得到解决或说明。用符号学的理论来研究小说，把小说语言也看作一种符号，即"复符号"。这种符号所折射出来的语意，只是它所包含的意义的一部分。法国语言学家马丁内则提出了"语言经济原则"，指的是在保证语言完成交际功能的前提下，人们会自觉或不自觉地对言语活动中力量的消耗做出合乎经济的安排。所以我非常欣赏娄光的细节完成度。不管是快进还是特写，都在意读者的阅读舒适感，我称此为完成度。比如在写德平心理变化时，先是骂了老婆一声，又为老婆对他穿什么好看得体心里一直很有数而高兴，再对老婆还站在化妆镜前认真描眉有些不高兴，然后是夫妻起冲突，最后是话不投机半句多（《春光明媚》），惟妙惟肖，令人击节。这样的细节，连同"提成""瓷砖""盐场""开发区"等符号，述说着土山味道，是娄光对土山情结的延续、对土山繁荣的期许。

娄光是我乡党，两个不大的村庄毗邻，可以东家西家串门的那种近，吹着同一个力度的海风，喝着同样不淡不咸的井水，吃着同样的馎馇和窝窝头，就着同样的虾蟹酱，睁着同样不乏智慧和憧憬未来的眼睛。所以就算千里之外第一次阅读娄光的文章，也能懂得他的话语，知道所有这些文字都是土山山顶生生不息的花朵。

目录

风如旧

"原姐，原姐。"玉玲刚走到装饰城门口，就听到胖子叫她。回过头，胖子从面包车里探出头向她招手。看样子是特意在等她，且已等了很长时间。家装部里就这么几个人，她和胖子却少有来往，她总觉得胖子不把她这样的小业务员放在眼里。看玉玲没有动的意思，胖子焦急地跳下车，过来拖着她的胳膊，把她拽上面包车。"我找你有事，你怎么不着急啊？"

玉玲上车，见另一位业务员也在，笑笑问："你找我有什么事？"

胖子压低了声音说："恐怕咱们今年的提成政策要变了……"

"不知道呀，老板从来没说过。"玉玲有些惊奇。

"你这人真是，你没见昨天下午老板和老秀在展厅后面研究了一下午？"胖子说着，又指了指身边的那位业务员，"昨天下午我们都看到了！"胖子说的老秀是家装部的经理，是他们的主管领导。

"我找你们来就是想商量商量，看能不能把去年不合理的条款都去掉，咱们不能光听老秀忽悠。"胖子说。"可家装部也不光咱们三个呀！"玉玲说。"你傻吗？"胖子白了玉玲一眼，"别的人都是老板的亲戚，人家能和咱们一样？""老秀是咱们的人。"玉玲说。"别说老秀，一肚子坏水。"胖子说。玉玲知道，胖子对老秀有意见。去年一整年，胖子和老秀几乎形影不离，可临近年底，老秀把揽下的工程给了玉玲。胖子没完成任务，要求老秀到老板那里反映，让老板给他们补工资，结果工资没有补成，胖子的心里很不是滋味，几次鼓动玉玲去找老秀。

玉玲没去找，一来老秀帮了她大忙，二来她对胖子的印象并不好，觉得他是个两面三刀的人，没有老秀实在。她知道，胖子在背后没少说她的坏话，还给她起了个外号叫"原大傻"。找她商量这些事，无非是想拿她当枪使，鼓动她这个实在人当出头鸟，所以玉玲没有把胖子的话放在心上。

装饰城大门开了，三人下车往展厅里走。不一会儿，老秀背着包从远处走来，老远就喊胖子，问他早上怎么没去接他。胖子很镇定，说早上去了工地。玉玲佩服胖子撒谎心不慌、脸不红的本事。如果是她，早羞得无地自容了。

上班以后，老秀打印了一些文件，塞给玉玲一份："老板说改提成政策，先看看，想想有什么意见。"随手也给了胖子一份。玉玲心想，胖子的消息可真灵通，什么事都知道。玉玲坐在沙发上瞄一眼文件，脑子里把自己负责的装饰公司过了一遍，好像没有什么紧要的事，心里有些失落。做业务不用坐班，那今天干什么呢？去逛商场，买衣服？对！逛商场买衣服！年后还没有逛过商场呢。

"玲子，一大早就不精神，昨晚又疯了？"展厅的一位大姐开她的玩笑。玉玲不忌讳开荤玩笑，却不愿意听这种讥讽，好像女人跑业务就靠身体。玉玲有些厌恶，背起包往外走。不就是岁数大了还没找对象吗，用得着这样？还是去逛商场吧，免得生气。

"原姐，你去哪儿？"胖子从后面跟上来。

"去装饰公司。"玉玲随口说。

"坐我车走吧。"胖子说。

"你也去？"

"跟我走吧！"

两人都没有明确目的地，出了装饰城，胖子把车开得很悠闲。"政策改了吧？"胖子问。

"还是你消息灵，我一点都不知道。"玉玲说。

"今年定的任务能不能完成？"胖子问。

"这谁知道，你觉得呢？"玉玲迷茫地说。

"我今年有几个大工程都能下来，完成任务没问题。"胖子说，"所以今年一定要让他们给我补齐工资。"

"我可没底，争也没什么用。"玉玲说。

"我给你想办法，以后我的散单都给你。"胖子拍着胸脯承诺。

玉玲很感动，不管真假，毕竟胖子在关心自己。胖子路过一家疗养院时，指着一栋在建楼房说："这栋楼快盖好了，我已经找了关系，到时肯定能拿下来。"玉玲看了看那栋楼房，面积挺大的，瓷砖的用量肯定不会少，就羡慕地说："拿下这个工程就能完成全年的任务了吧？"

"我心里有底了，不帮你帮谁？"胖子说。两人开车胡乱转了一个上午，一家装饰公司也没去，只是统一了口径，以便在讨论销售提成时达成一致。

下午，玉玲在一家商场下了车。冬去春来，天气变得暖和起来，也该添春衣了。她走进商场，感觉身上的棉服有些臃肿，显得她更加老气。她喜欢在商场里挑选一些时尚的服装。玉玲不服老，看中一件紧身的外套，新款，是时下流行的那种。她让店员拿来到试衣间试穿，这件衣服的款式她很喜欢，可她有些胖，穿上去有点紧。她不死心，穿出去让店员帮她看看。店员直说好看，鼓动她买，可手却使劲把衣服往下扯，这时尚的衣服仿佛裹不住她丰腴的身体。看着试衣镜里滑稽的自己，玉玲也不好意思了。虽然她很喜欢这件衣服，可胸前一对丰腴的乳房似乎要撑破衣服从里面跳出来一般，如何穿得出去？最后玉玲还是把衣服脱下来，走出了专卖店。

"都什么岁数了，还选这样的衣服！"刚走出去，玉玲就听见了店员的讥讽。她的心一紧，鼻子一酸，泪水涌出了眼眶……她想回去狠狠地骂那个店员一顿，可她没有动，人家说的是事实，虽然还没有结婚，可毕竟快四十岁了。她用一只手捂住脸，生怕人家看到她脸上的泪水，急匆匆地走出了商场。

好心情顷刻间消失殆尽，玉玲实在没有心情再逛下去，便决定回家。可回家又有什么意思？一个人，独自待在房间里更有说不尽的孤独和凄凉……回去还不如在外面喝酒，酒精麻醉反而能让人忘却所有的苦恼和惆怅。她打电话联系常在一起喝酒的几个朋友。很不巧，他们晚上都没有时间。她失落极了，但她实在不想一个人待，于是又琢磨起公司里能和她一起喝酒的人。胖子刚走，还是找老秀吧，刚好能从侧面打听一下老板的真实意图。

老秀远离妻儿一个人在这里生活，但他挺忌讳单独和女同事在外吃饭，特别是她这样的独身女人。她抱着试探的心情拨通了老秀的电话。"原总。"老秀开玩笑道，"怎么一天没见你，和谁约会呢？""这不是在和你约吗？"玉玲也跟着开玩笑，这样的玩笑她张口就来。开过玩笑，心情好了，她问老秀："晚上干什么？""你想干什么？""一起吃饭吧，我请你吃火锅。"玉玲说。"好啊！"老秀痛快地答应下来。两人约好了地方，老秀说一会儿打车过来。放下电话，玉玲觉得老秀有事找她，要不然他不会赴约。

老秀过来时，玉玲已经点好了菜。"今天这是怎么了？"老秀问。"没什么，就想请你吃个饭。"玉玲说。老秀也没客气，看到玉玲要了一箱啤酒，有些惊奇："能喝这么多？""没事，喝呗，刚过完春节一起聚聚。"玉玲说着端起杯子一饮而尽，以示这些酒并不在话下。老秀也端起酒杯喝了。

"今年要撤了你的职？"玉玲问。"也不是，根据任务拿工资名正言顺，不会有太多的猜疑和不愉快。"老秀说。"任务能完成？"玉玲问。"你去年不是完成了吗？"老秀说。"那是年底你帮忙。"玉玲说。"没事的，不管新领导是谁，都不会坐视不管。"老秀说，"不说这些了，今年春节对象找得如何？"玉玲不吱声了，这是最让她烦心的事。"这事你不能回避，这么大岁数了，能自己过一辈子？"老秀像个大哥般劝她。"不是……我……"玉玲想争辩。"说实在的，如果觉得公司政策不合理可以辞职不干，有家就有退路。可你现在呢，辞了职，依靠什么？今年必须先想方设法解决这个问题。女人跑业务吃的是青春饭，你还能坚持几年？"老秀说。

泪珠不由自主地溢出了玉玲的眼眶，她何尝不想解决自己的终身大事，毕竟快四十岁的人了，怎么会不着急……如果能解决，还用得着喝酒来麻痹自己？

喝着喝着就有些多了，老秀看出她有喝醉的意思就不让她再喝了。"天还早呢，你回去也是一个人，多没意思，再喝点吧。"玉玲说。"越是一个人越应该早些回去。"老秀说。老秀这么说，玉玲也不好坚持，便叫服务员来结账。老秀掏出钱包抢先付了账："以后别乱花了，一个人过日子得攒点钱。"天不算太晚，老秀没有送她，给她拦了辆出租车便独自回家了。若在平时，玉玲不愿这么早回去，会再找几个姐妹出来玩。可想想老秀吃饭时苦口婆心的话，玉玲便放弃了再玩的念头。

家装部的讨论会是在三天后开的。这几天胖子来回忙碌，对谁都表现出多于以往的殷勤，对玉玲"原姐，原姐"地叫着，上下班还接送。开会时，让玉玲没有想到的是，在她开口之前，老板的一个老乡率先向老板和老秀发难，争取到一些优惠条件，还给老秀定了同样的任务。在会上，胖子一言不发，脸上始终挂着幸灾乐祸的冷笑。

开完会，老秀问玉玲本月做了几单活儿。玉玲摇头说一单没做。老秀有些替她着急。胖子开车送玉玲回家。路上，他说："怎么样，原姐，政策变了吧！""也没大变呀，任务没变，提成反而高了，这不是比原来好了吗？"玉玲对政策的改变感到有些意外。"就是啊，你知道我从中做了多少工作吗？"胖子颇为自得。"可你在会上一言未发呀？"玉玲惊奇地说。"老板的老乡不是在替我说吗？"胖子说，"老秀现在也和我们一样了。""是啊，也不知道老秀能不能接受。"玉玲说。"不接受也得接受！我早就对老板说了，私人公司不能养闲人，所以你注意点，老秀不值得依靠，还是咱们好好团结干点事吧！"胖子说。玉玲没再说话，她知道胖子最近和老板来往得比较密切。春节过后，胖子从老家回来，还带了花生油、玉米面等土特产给老板。

方案确定后，胖子就很少理玉玲了，一直在工地忙，忙请客、送礼、选样品，每天都忙忙碌碌的。玉玲依然在维系自己的老客户，每周把几个关系不错的装饰公司走一遍，请比较熟悉的设计师吃饭、泡吧，拜托他们使用自己公司的产品，以便尽快出单，完成任务。刚过春节，单少，拜托也没用，只好去催款，货款收得不好，只能拿一半底薪，这谁受得了？业务员的工资分两部分：基本工资和业务提成。每月做单量六万元，发基本工资，超过部分按一定比例提成。玉玲本月一单没做，不但没有业务提成，基本工资也只发一半，连吃饭钱都不够，只能把以前积压的货款追回来，靠以前的销售增加收入。这笔货款本来要在春节前要回来，由于装饰公司资金紧张，拖了下来。玉玲曾为此非常懊恼，现在又有些暗自庆幸。要回这笔货款，这个月的工资总算不会太寒碜。这家公司，玉玲再熟悉不过，若不熟悉，货款也不会积压下来。她带着材料签收单去材料部，可材料部没人，于是她又拿着单子去设计室找她熟悉的设计师，设计师让她到材料部去等，说总会有人的。玉玲拿着单子回到材料部，心里极不舒服。这些设计师拿回扣时嘴像抹了蜜，一口一个"原姐"地叫。现在呢？真让人生气！

玉玲独自在材料部等待。货款一旦压下，要起来就不那么容易了，可如今现款现货的单哪儿有？市场竞争这么激烈，明知要钱困难也得做！一会儿进来一个四十岁左右的男人，见到玉玲很惊奇，问她有什么事。玉玲把单子递过去，说明来意。男人露出为难的神情，说材料部原来的经理辞职去了外地，走的时候没有交代。他把材料签收单还给玉玲，说不太好办。玉玲急了："那怎么办？黄了不成？""黄倒黄不了，只要让原来的经理给你证明一下就行。"男人说。"怎么找他？"玉玲更加迷茫了。"我也不知道。"男人说。

玉玲真的急了，男人的话等于给这笔款判了死刑，自己三年工资也还不上这笔货款，泪水溢出了她的眼眶。"你们怎么能这样呀？货款本来是年前要付的，我们让到现在，结果发生了这样的事，这不是坑人吗？"玉玲的哭声引来很多人看热闹。男人指着刚进来的一个三十多岁的小伙子说："这是我们材料部的黄经理，找他想想办法吧。"被称为黄经理的小伙子劝玉玲："别哭，有事好商量。"玉玲擦了把眼泪，把签收单递过去，说明来意。黄经理面露难色，他看了看满脸泪痕的玉玲说："这事不是我经手的，确实有些难办，但我们公司也不会坑你们，我找原始单据核实一下，对好了给你结账。"一番话让玉玲悬着的心落了地，她感激地看了看黄经理。玉玲跟黄经理去财务部对账，会计一听有些不太情愿——去年的账已经封了，不愿翻箱倒柜地去查。黄经理耐心劝说，好话说尽。玉玲心里充满了感激，暗自思忖：这事办得可真不容易，等事情办好了一定表达谢意。

正想着，手机响了，是胖子打来的："原姐，你在哪儿？""怎么啦？"玉玲问。"我有一个家装客户上午去展厅，你去接待一下，帮你完一下任务。

客户姓刘，你就说客户是你带来的。"胖子说。"好，你把客户的电话发到我手机上吧！"玉玲应着，面有难色，黄经理善解人意地问："有急事？"玉玲点头。"那你先走吧。等我对好了账，签了字给你电话。"黄经理说。玉玲感激不尽，连说了几句感谢的话。玉玲打车往回走，一路上心情很好，本来这个月一单货也没走，心里正着急呢，谁知遇到好人了，黄经理帮忙，胖子雪中送炭！

玉玲回到展厅，里面很忙碌，营业员都跟在客户的身后介绍着产品。玉玲在展厅转了几圈，没有发现未接待的客户，就掏出手机给客户打电话。接电话的是个女人，电话接通后玉玲说自己是专卖店的业务员。那位刘姓客户很意外，说并不认识玉玲。玉玲解释道："您是不认识我，那您认识我们店的胖子吧？是胖子给我电话号码让我联系您的。"客户还是很意外，好像对胖子也不熟悉。客户说，她已经在店里买了货，是一位大姐接待的她。

玉玲便到会计那里查了一下销货单，那位姓刘的客户已经开了单，确实是展厅里一位大姐开的，客户的电话号码和胖子给的一模一样。她拿着单子去找那位大姐："大姐，你开单的这位客户是我的。""你的？"大姐一惊，"你的客户来怎么不直接找你？""我不是去装饰公司了嘛。"玉玲一脸惋惜。"那进来后她也没说找你呀。"大姐脸色明显不高兴了："她转了好久才买上货，不像你们有跟踪的样子。""不像是不像，可我和胖子的确已经跟踪很久了。"玉玲说。"和胖子一起跟踪的？"大姐面上露出了鄙夷的笑意，"玉玲，大姐我不缺这一单，你说一声我给你就是。"

大姐的话是西北风刮荆棘——连风（讽）带刺，玉玲面色红了，泪珠夹在眼眶里，她躲到一边，给胖子打电话质问这个客户到底是不是他的。"当然是我的，不然我怎么能让你去找！"胖子非常肯定，"你就不能去找老板或老秀，让他们给你做主？"既然胖子肯定这客户已经跟了很久，为什么不去找老板和老秀争一下呢？玉玲鼓励自己，她朝老板和老秀办公的地方走去。刚转过样板间，只见大姐和展厅里的几个营业员已经坐在了那里。大姐正在反映她和玉玲刚才发生的事。她听到大姐气愤地说："你们得管，就这么个小单也来争，玉玲还说她和胖子已经跟踪很长时间了，其实今天早上胖子才和客户打了个照面，招呼都没打，根本就不认识。大家要都这样，展厅里的活儿还怎么干？"

玉玲怔住了，难道大姐说的是真的？她没有再往前走。"我看玉玲是想钱想疯了！"大姐不无讽刺地说。玉玲受不了这样的侮辱，她再也忍不住了，一下冲过去说："大姐，你了解我的为人，我没想钱想疯！"说着，哭泣着跑出去。

回家推开门，屋里空荡荡的，玉玲扑在床上，把头埋进被子里，放声大哭。想到这些不顺心的事，玉玲真不想干了！可是不干这个又能干什么？自己什么也没有，房子是租的，里面的家具也是租的。都这么大岁数了，连个对象也没有，风风雨雨一个人扛着，苦、冤都得往肚子里咽。她开始恨原来的男朋友，那男朋友虽然有些小缺点，可看在对自己无微不至的关心上，她还是答应了他的求婚，本来都定好了结婚的日子，可是那小子竟然在结婚前留下张纸条，跑了！

看他那平日百依百顺的样儿，竟然跑了！想起来玉玲恨得直咬牙。

她一直想找个满意的对象气气那小子，可真办起来就难了，毕竟她也是近四十岁的人了。虽然做业务时有些男人也对她示好，但她心里明白，那些人只不过是想占她的便宜，随便玩玩，于是她也口头应付。

越想这些，玉玲的心里就越难受，没法从心里的胡同绕出来……老秀来电话了，"你怎么了？"老秀从她的回答声中听出她在哭泣。"没事。"玉玲说。"今天上午的事，我和老板都详细地了解过了。"老秀低声说，"以后这样的事要及早联系，不能这样莽撞。""可胖子说真的跟踪了很长时间啊！"玉玲争辩。"好了，这事别说了，这单货给你算一半。"老秀不仅没有把事情的真相点破，还给了她一定的安慰。

心情好了些，玉玲从床上爬起来到厨房去做饭。她很少在家吃饭，厨具都生了锈，仅有的一点蔬菜也发了黄，一看就没了食欲。她用湿毛巾擦了把脸，下楼到面馆买了碗拉面。因为出去的时间不长，她没有带包，回到家就听到手机响个不停，她急匆匆地把面一放，就去接电话。

电话是老家姐姐打来的，姐姐很着急地问她怎么不接电话。玉玲笑笑，说刚才出去买饭忘了带手机。姐姐长长地叹了口气，说："一个人过也真不容易，看来该找个人嫁了。""我是想嫁，可没有人娶呀！"玉玲有些不耐烦地对姐姐说。"想嫁人就有。"姐姐还真是为这事打来的电话。"干什么的？"玉玲问。姐姐说是邻村一个和她年龄相仿的男人，家庭条件还不错，老婆刚去世，人虽没什么大本事，但也算本分，值得托付终身。玉玲马上就火了："姐，你当我是什么，这样的也给我介绍。"挂了电话，玉玲心里的火气依然很旺。姐姐真是的，把她看成什么人了，自己虽然是从偏远的农村出来的，但毕竟在城市里生活了十多年，回去找个对象，让人怎么看？她年龄再大，也是未婚闺女，怎么能找结过婚的男人。她走进厨房，看到装在塑料袋里的拉面由于着急接电话没放好撒了一地，心里的火气更大了，她一脚把那塑料袋踢到一边，嘴里狠狠地骂："这该死的！"

第二天清早，胖子在展厅外问玉玲："昨天那单怎么样了？"玉玲就把老秀打电话告诉她的情况转告给了胖子。胖子听了很高兴，说："对了，以后这样的单就得争，不争白不争，不能让展厅里的人把提成独吞了。"

上午，黄经理打来电话，让玉玲过去拿钱。玉玲大感意外，她真的没有想到事情会办得如此顺利。她心情无比舒畅，黄经理温文尔雅的样子不停在她的脑海里闪现，莫名其妙地又想到昨天姐姐的电话。如果姐姐介绍的是黄经理，自己还会不会发火？如果黄经理有同样的经历，自己会拒绝吗？如果将来找黄经理这样一个人，自己就不干了，在家做家庭主妇。玉玲兀自笑了。想什么呢？才见了一次面而已。到了装饰公司材料部，黄经理已经把支票开出来了，玉玲说了一大堆感谢的话，说发工资后请黄经理吃饭。黄经理笑了："你们做业务的都能喝酒，喝了多少酒就得帮多大的忙呀！""不用，就是交个朋友。"玉玲说。"好，你为人实在，以后能帮的我一定帮。"黄经理说。玉玲听了这些话心里很舒服，没想到要账交了一个朋友。

玉玲这个月的运气不错，不但认识了黄经理，几个设计师朋友还帮她出了好几单，胖子也帮她做了两个家装单，她顺利地完成了任务，工资加提成收入不菲。而胖子工地那单迟迟没有结果，只领到了生活费。领完工资后，玉玲有些过意不去，心存感激地对胖子说："你帮我完成了任务，可你……""我没事，按照咱们的工作方案，我这个季度把工地那个工程拿下就能补发所有的工资。"胖子大度地说。玉玲心里暖乎乎的，胖子还是关心她这个姐姐的。中午，玉玲想约黄经理吃饭，可胖子就在身边，她不好意思走开，就放弃了。玉玲请胖子吃了碗拉面，正吃着饭，黄经理打来电话。玉玲心里一喜，心想：真是心有灵犀。"在哪儿，原经理？"黄经理很客气。"正想给你打电话，你的电话就来了。"玉玲说。"是吗？这么巧？"黄经理笑。"可不，你帮了这么大的忙，我总得感谢一下呀！"玉玲说。"怎么感谢？"黄经理的语气依然温和。"你说。"玉玲笑。

黄经理爽朗地笑了，笑过之后说："不开玩笑了，我们公司有个小工地要装修，过来看看能不能做，免得以后又到我这里哭鼻子。"玉玲有些不好意思，既羞涩又高兴："黄经理，你人真好。""好了，你下午直接来工地找我吧。"黄经理说。

通话后，玉玲问胖子下午有没有事。胖子说："我没事。""那吃完饭你拉我到工地吧。"玉玲说。胖子欣然同意。

要装修的是个连锁快餐店，面积三百平方米左右，不大不小，货款也压不下。这样的活儿很好干，还有连续性，连锁加盟店能一个接一个干下去。黄经理已决定让玉玲干，经过短暂的交谈，就让他们回去准备样品。

"原姐，咱们送谁家的样品？"胖子把车停在路边问玉玲。"当然是送咱们的啦！"玉玲被问得莫名其妙。"你呀！"胖子抱怨地瞅了玉玲一眼，"这样的工地送咱们的样品太亏了。""可要是做私单被公司知道了，咱们不就毁了？"玉玲说。"原姐，你也太实在了吧，制度是人定的，可事也是人做的。"胖子说。"让别人知道了怎么办?"玉玲还是不放心。"这样的事想做就要守住口风,不能让第三个人知道。"胖子说,"这个工地我来操作,利润平分,怎么样?""能行吗?"玉玲突然忐忑不安。"你傻呀,这个工程做下来起码能挣咱们半年的工资!"胖子鼓励她。有这样的利润空间,玉玲也心动,便默许了胖子。

胖子到市场上选择好样品,玉玲计算了利润空间,调货确实比工资实惠得多。由于关系到位,选定样品后,很快就签订了供货合同。供货前,胖子问玉玲有多少钱。"钱,要钱干什么?"玉玲问。"没有资金怎么进货?"胖子说,"我这个月只拿了生活费,手里没钱。"要多少钱?"玉玲问。"一万四千多点,这点本钱挣六千多还行,每人至少拿三千。"胖子说。"行是行,可我手里只有不到九千。"玉玲说。胖子不言语,过了一会儿,好像有了主意:"你能不能跟老秀借点?""怎么借?"玉玲问。"就说要交房租,老秀肯定会借给你,能借多少就借多少,加上你那九千,剩下的我来凑。"胖子说。玉玲还是迟疑:"我这个人实在,不会撒谎。""就是因为你实在,老秀才会借给你。"胖子说。玉玲答应试试看。

玉玲在向老秀借钱时心情是极其忐忑的。老秀问她借多少,她的脸涨得通红,心几乎要从嗓子眼里跳出来了,生怕露了馅儿。老秀没有难为她,她说借四千,老秀直接借给她五千,说别交了房租后手里没钱花,难为自己。所有的本钱就这么凑齐了。她把钱给胖子时,胖子高兴地拉着她的手说:"原姐,真行,真有你的!"

胖子把玉玲的手攥得很紧,玉玲并没觉得有什么,只觉得胖子有点激动，把手抽回来时也没在意胖子的表情和眼神。在黄经理关照下，供货和收款都很顺利。一共两万多的货款，货到工地后就收回了百分之七十五，不但收回了成本，还有一千多的利润。胖子很仗义，直接把那一千多的利润塞给了她。"把挣的钱分了吧？"玉玲说。"别，这钱你先拿着，款全部收回后再说。"胖子说。

首次调货成功，玉玲很高兴，决定晚上请黄经理吃饭，顺便约几个朋友和胖子在一起聚聚。胖子也很高兴，下班前就跟老婆请好了假。胖子还特意叮嘱玉玲把地方选得离公司远点，免得被公司的人发现引起怀疑。玉玲觉得胖子说得有道理，就选了家离公司比较远的饭店。约黄经理时，玉玲既兴奋又忐忑，生怕他推脱，通过这段时间接触，她对黄经理的印象越来越好。黄经理爽快地答应了。玉玲高兴极了，下午甚至跑出去做了个头发，还特意跑回家在镜子前转来转去，衣服搭配了好几次才满意。"呀，玉玲，晚上干什么去呀？打扮得这么漂亮！"下午展厅里碰到的熟人都夸她。玉玲心里美滋滋的。

临近下班时，胖子被老板和老秀叫了过去。玉玲又紧张了，心里一遍一遍地问自己：难道两人在外面调货的事情被别人知道了？她想去探听一下消息，又不敢，自始至终处在极其矛盾的心理中。好不容易看到胖子出来，表情还算平和，她悬着的心才稍稍放了下来。

胖子看到玉玲在展厅等他，有些生气，用眼神示意她到外面去。胖子示意了好几遍玉玲才明白过来。玉玲走出装饰城很远，胖子才开车赶上她，玉玲一上车，胖子就生气地说："你不能让人看到咱们在一起，你怕事少啊？""我不是担心嘛，老板他们找你干啥？"玉玲问。"没什么，说我这两个月任务完成得不好，问工地上的事。"胖子说。"都是我拖累了你。"玉玲内疚地说。"拖累什么呀，要是咱们每个月都能做这样一个工地，不比拿工资强？"胖子笑着说。两人沉默着。玉玲又和胖子商量，本钱拿回来了，想把钱还给老秀。"你傻啊！要还也要等下个月开工资后。"胖子告诫玉玲。

　　玉玲心情出奇地好。朋友聚在一起，推杯换盏地喝了起来，玉玲放开酒量，喝得很痛快。吃完饭，她已有了醉意，脚下轻飘飘的，意识也有些模糊。她提议一起去唱歌，胖子和朋友们欣然同意，而黄经理推说有事要走，玉玲借着酒胆上前拽着黄经理来到歌厅。在歌厅里，玉玲频频和黄经理碰杯喝酒，找机会靠近他，邀请他跳舞，她觉得黄经理的胸膛很宽厚，值得依靠。"玉玲，你不能这样生活。"借着跳舞的机会，黄经理语重心长地说，"我帮你，是觉得你实在，没别的意思，我不相信做业务的女人生活都没有规律。"玉玲呆住了，心情陡然从天跌落。往回走时，玉玲心里空荡荡的。胖子把她送到楼下，一下车，她的身子就打了个趔趄，险些摔倒。胖子从车上下来，走过去扶她，她的身体有些飘忽，胖子竟没有扶住，她的身子向胖子的身上倒去。胖子一只手抓住她的肩膀，另一只手在搀扶她时，不经意碰到了她的乳房。她身体一阵战栗，似一股电流通过全身，她感觉到胖子的手触电似的缩了回去。她偷看了一眼胖子，胖子故意把头扭到一边，不看她。她也装作不在意。胖子扶着她沿楼梯上楼，两人的体积稍大，塞进楼梯里很拥挤，身体紧贴在一起，玉玲感觉到胖子在她身上试探着什么，手从腋下慢慢地向前蠕动，有意无意地在她的乳房旁边游弋，呼吸也随着手的动作逐步加重……刚进房门，胖子就把玉玲抱在怀里，嘴在她的脸上慌不择路。玉玲被这陡然的变故给弄蒙了，她的身体像猛地被电流击穿，一下子软了下来。她感觉到胖子把她半拥半抱地弄到床上，手也在她的胸前摸索。"胖子……胖子……你干什么？你要干什么……"玉玲喘息着努力往外推胖子，胖子不吱声，喘着粗气，继续深入。"胖子，你……是……有家的人……不要欺负姐姐……"玉玲还在抵抗。胖子继续往里深入，玉玲感觉到他的手即将伸进她的内裤里……这时，玉玲猛地坐了起来，狠狠地打了胖子一记响亮的耳光。胖子好像被打醒了，呆呆地坐在床上。"胖子，我们不能这样，你有家室……"玉玲低声说，"说归说，乱来胡闹……可不行！""有什么不行的？你对那姓黄的眉来眼去为了什么！"胖子说。玉玲没想到胖子竟然说出这样的话，她猛地瞪大眼睛，嘶喊道："滚！"胖子一惊，怯怯地站了起来，灰溜溜地走了。

玉玲把头埋进被子里，放声痛哭起来，她没想到周围的人竟这样看她。哭够了，她不顾半夜三更，拨通了姐姐电话。"怎么这时候来电话？出了什么事？"姐姐满是担心。"姐，你上次说的那个男人找对象了吗？"玉玲低声问。"到底出了什么事？"姐姐追问。"姐，我想有个家……"玉玲抽泣着说。

心情不好，玉玲请了几天假。平静以后，玉玲照常去上班，无论如何，日子还得过。令她惊奇的是，整整两天她都没有见到胖子。第三天，她问老秀，老秀说胖子回老家了，胖子家里老房子塌了，回去盖房子了。

该！报应！玉玲在心里骂道。在老秀的帮助下，玉玲这个月的任务又完成了，她也还了老秀的钱。老秀问她还有没有钱花，玉玲心发虚，脸红红的，低声说："有。"胖子还没有回来，他之前跟踪的那个工地仍没有消息。她想起和胖子一起做的那个工程的余款还没有收回，自己还有两千多的分成呢，便给黄经理打电话。

"早就让跟你合伙的那个胖子拿走了。"黄经理很惊奇，"你是不是因为上次那事不愿见我了？不见也行，反正都是你们的活儿，就让胖子做吧。第二家连锁店的工程都做完了。"玉玲没有言语，心里骂：这死胖子！她想了想，微微笑了，由他去吧。坐上公交车，她依然漫无目的地去跟踪那些熟悉的装饰公司。天气很好，春光明媚，清风依旧。

电工刀

春山在工棚里洗澡，随手把脱下来的脏衣服扔进洗衣盆里，又使劲按了按，让水把脏衣服浸透。刚要往身上撩水，手猛地把衣服扯起来，伸进口袋，他想起口袋里还有卖废料头的钱，钱不多，也就几十块，都是些花花绿绿的小票子。从工地上弄点废料头不容易，但他依然要攒这钱，弟弟春旺快过生日了，工地上迟迟不发工资，他必须尽快把钱攒起来，买把电工刀给弟弟做生日礼物。钱已经被水泡湿了，春山捶打着脑袋，怪自己粗心。他把钱小心翼翼地摊开，放在椅子上晾着，才开始洗澡。

肥皂泡刚打在身上，帘外面的木板门就被"咚咚咚"地敲响了。"谁？"春山没好气地喊，"我正洗澡呢！""你还有心思洗澡？赶紧吧，你弟出事了。"是工头赵大头，声音匆忙而急躁，"刚才派出所把电话打到工地上来了。"

"出事了！"春山一哆嗦，手里的肥皂掉在了地上。他稳了稳神，对赵大头喊："出什么事了？""谁知道出什么事了！反正派出所打电话过来了，你赶紧出来吧！"赵大头喊。

春山一惊，急三火四地冲洗掉身上的泡沫，穿上衣服，刚要跑去开门，见椅子上晾着的钱，又回头把钱收起来塞到床下，这才从工棚里出来。赵大头站在门口等着他："怎么这么久？"说着把一张纸塞进他手里，上面写的是派出所的地址和电话，"快去吧，派出所让亲属去领。"

"没说是什么事？"春山低声问。

"电话上没说，只让亲属去。"赵大头说。

春山的心里还是怯怯的，他用求助的目光望着赵大头说："老板，你和我一起去吧！"

赵大头也有些胆怯，推辞道："我得陪人家老板吃饭，要不然怎么收款？有事给我打电话，我就赶过去。"

赵大头说完便急匆匆地走了。这家伙，平时在民工面前吆五喝六地装腔作势，可真遇到了事儿，掉树叶儿都怕被砸破头，忙不迭躲得远远的。望着赵大头的背影，春山使劲儿咽着唾沫，心里骂这欺软怕硬的家伙。

春山硬着头皮去纸上写的派出所，他不管谁管？派出所离工地有一段距离，春山舍不得坐车，只好一步一步地往那儿走，心里犯着嘀咕。

春山和春旺是一奶同胞的亲哥俩，年龄差一轮。按理说，春旺这个年龄，上面有哥哥，是用不着出来打工的，应该在哥哥们的庇护下认认真真地学习，考大学。不过春旺的命不济，本来春旺还有两个哥哥，可是后来这两个哥哥长到十六七岁，得了一种奇怪的病，相继离世。为了给哥俩治病，家里花光了积蓄，还欠下了巨额的债。看着被岁月压弯了腰的老爹老娘，春旺主动退了学，跟着哥哥春山走出僻远的村子，来到工地打工。春旺年轻，脑子也机灵，才干了几年就掌握了技术，当上了电工。春旺的技术在工地上长进了，个头儿也拔了起来，长成英俊的小伙子。长成小伙子就有小伙子的事，春旺胡须悄悄地冒了出来，心思也多了，瞅女孩子的目光也变了。

这是哥哥春山最担心的事。春山毕竟是过来人，娶上了漂亮的媳妇，弟弟春旺是什么状态他心里跟明镜儿似的。难道春旺是因为这种事儿被抓进派出所的？真要是这样的事情该怎么办呀？春山的担心并不多余。这是他的亲弟弟呀，他能不了解亲弟弟的状况？

去年春天，他们在另外一个工地，工地在开发区，旁边是一家规模很大的服装厂，厂里有很多女工。怎么说呢？女工有漂亮的，也有不漂亮的，但是春旺好像并不在乎，下班以后，春旺就盯着这帮女工，看得出神。春山注意到了春旺的眼神，那眼神里有迷离，也有渴望。

春山时时刻刻关注着春旺，生怕他做出什么出格的事儿。春旺目光里的内容，春山是明白的，也是担心的。

一天傍晚，春旺又蹲在服装厂的门口。一班女工下班了，春旺盯着其中一个女工出神，那种目光就好像一根丝线紧紧地缠绕在女工的身上，一刻不离左右，女工走到哪儿，目光就跟到哪儿，终于女工要在目光范围里消失了，春旺猛地站起来，紧跟上女工，女工并没有留意到后面有人跟着她。春山却警觉地跟在春旺身后，他看透了弟弟目光里的内容。

春旺悄悄地跟在那个女工的身后，春山觉得弟弟好像对女工的住处很熟悉。女工住在城乡接合部的民房里，从工厂到住处要经过一片茂密的小树林，小树林其实是一个花园，种的都是绿冬青，长得很茂盛，修剪得很整齐。春旺紧跟着女工走进那小花园，紧走了几步跟上去，警觉地朝四周一瞧，就要往女工身上扑去。

春山的心猛地提到了嗓子眼儿上，他担心的事终于要发生了。他大跨一步冲上前去，狠狠地踹了春旺几脚，那受了惊吓的女工惊叫一声，往远处跑去。

春旺爬起来，像是从梦中醒来，默默地看着那跑往远处的女工。春山上前揪住春旺，拉着他急匆匆地跑出冬青林，跑出很远，看看四周没人，猛地给了春旺一记耳光。春旺惊得猛一激灵，身体颤抖不止，双手抱头蹲在了地上。

春山上前把春旺拉起来，破口大骂："你想蹲监狱吗？怎么能做出这样的事？"春旺低着头，不吱声，只是默默地流泪。

"怎么能去做这样的事？咱们家几辈子都是正经人家呀！真出了什么事儿，人家姑娘怎么办？"春山越骂越大声。

开始，春旺不吱声，后来他真的忍不住了，低声哭着说："我也是二十好几的小伙子了，你好歹家里还有个漂亮的媳妇呢！可我呢？"

春山对春旺的哭诉无言以对，低下头不敢看弟弟春旺，他心里对春旺还是有愧疚的！

想到这些，春山脚步迟疑起来，难道春旺是因为这种事儿被抓进去的？春山心里慌乱起来：真因为这种事儿该怎么办？他用什么方法能把弟弟解救出来，他又有什么能力解救弟弟？泪水从他的眼眶里溢出来，他真的不敢往派出所里走了。他双手抱着头，蹲在地上，有些委屈地抽泣起来——怎么办？怎么办呢？

哭了一会儿，心情平静了些，春山想，不可能呀，春旺不可能再犯这样的事！昨天晚上，工地上停电，春山工棚里那台18寸的彩电没有了生气，失去了风采。一些民工见没有指望，接二连三地离开了工棚。工棚里静下来，春山蹲在角落里打起盹来……正迷迷糊糊的，春旺从外面闯进来，摇醒春山，要哥哥给他找条干净的毯子，春山问干啥，春旺不吱声。当他扭头看到弟弟那渴望的眼神时，还是答应了。

趁着夜色，春山看到春旺和秋芽一前一后往工地后面的那座水泥拱桥走去。秋芽是工地上做饭的女子，山里人，年龄不大，命运却不济。结婚后跟着新婚的丈夫来这里打工，没想到施工时丈夫从脚手架上摔了下来，摔成了瘫子，虽说是工伤，可赔偿款迟迟不下来，秋芽就带着丈夫在工地上做饭，一边讨生活一边要钱。

春旺年轻，忠厚老实，工地上的活儿忙完了，就去帮秋芽干点杂活儿，一来二去，春旺就和秋芽混熟了。秋芽一开始把春旺当弟弟看，时间长了，两人竟然有了感情。春山看出来了，从秋芽看春旺的眼神中看出来了。秋芽的丈夫也看出来了，春旺再去帮秋芽干活儿，秋芽的丈夫就指桑骂槐，春旺渐渐地就不去了。没想到，春旺和秋芽的关系没断。

秋芽从桥底下回来时已经夜深人静，春山没有睡，他担心弟弟。等秋芽回了屋，还是没见春旺的影子，春山便出来找。工地四周空茫茫的，唯有离桥不远处一家歌厅门前的霓虹灯还在招摇地闪烁。春旺双眼紧盯着那略显迷茫的霓虹，双眼直勾勾的，眼里有着深沉的渴望。他用舌头舔着自己干裂的嘴唇，满是羡慕地低声说着什么。

春山急忙走过去伸手拉了一把春旺，说："快走吧，咱们出来可不是玩的。"

春旺低着头跟在春山的身后，一声不吭地往回走。春旺非常听春山的话，并不是年轻的春旺没有反抗精神，而是在出门时，母亲千叮咛、万嘱咐，他们哥儿四个，如今只剩下俩，是她挂在心头上的肉。两个生病的儿子和老伴儿已经把本就贫穷的家折腾得倾家荡产，这两个男人是家里的顶梁柱，打工赚的钱要还债，要盖房，还要为娘治病，让家里的孩子生活，还要攒钱给春旺找媳妇……所以两人打工的工资都在哥哥春山手里保管，除了吃饭，春山每月只给春旺二十元零花钱，在这点上，春旺从不反驳，也没有怨言。一想起这些，春山就有些愧疚，因此只要弟弟提出的要求不过分，春山都会尽量满足，怕弟弟受了委屈。

春山感觉春旺是故意的，走着走着，春旺的腿就拐了弯儿，故意往那歌厅的门前走。已经近半夜了，歌厅门前的车辆不像之前那么拥挤，三三两两的，里面的歌声也不像之前那般嘈杂，偶尔响起一两声，就像午夜里一匹孤独的野狼在嗥叫。

春山和春旺走到歌厅门前时，刚好有几个在歌厅工作的姑娘走出来，卸妆之后，她们不像在歌厅里那么妖冶，洗去脂粉后也是极朴实的，如果不是身上重重的酒气，谁能想到她们在歌厅工作？

她们从春山、春旺的身边走过，不时回过头用异样的目光瞅这两个莫名其妙的男人。不小心与春山、春旺的目光相遇，便扭回头去，交头接耳，发出"咯咯"的笑声，间或有几句窃窃低语。春山和春旺听不清她们的低语，但猜想那笑与话语不怀好意。春旺直勾勾地盯着她们的背影，使劲儿咽了几口唾沫，赌气说："让你们笑，等我有钱了……"春山听到这话，脸上掠过一阵慌乱，他上前拉住弟弟的胳膊说："春旺，不敢说这话。等过年回家后，一定给你讨上媳妇。"

春山心里又恐慌起来，难道这小子真做了这样的傻事儿？此时的春山不害怕了，他也不敢害怕了，弟弟出了事，能依靠的只有他这个哥哥，或许现在春旺正盼着他过去呢！

想到这些，春山脚下沉实了，步子也加快了……

"你是春旺的哥哥？"派出所只有一个值班的警察，那警察上下打量了一下春山，低下头漠然地问。

"是。"春山唯唯诺诺地点着头，从口袋里掏出香烟，怯怯地递上去，"警察同志，你抽烟……"

警察抬起眼皮，瞅了瞅春山，并没有去接他递过来的香烟，"来接你弟弟，带钱了吗？"

"带……钱……？"春山睁大了眼睛。

"你弟弟破坏公共财物，不带钱来怎么赔偿？"警察瞪了一眼春山说。

"破坏公共财物"，听到这几个字，春山悬着的心放了下来，总算不是他担心的事，他嘴角露出一丝微笑："同志，我……弟弟……到底破坏了什么公共财物？"

"怎么？你们老板没告诉你吗？"警察没好气地说。

"没……真的没有！"春山说道，"警察同志，我弟弟到底破坏了什么公共财物？"

警察白了春山一眼："还好意思问，竟能把卖安全套的箱子给砸了。破坏公共财物可是要罚款的。"

"我身上……没带钱。"春山低声道。

"那你说怎么办？"警察吼了一声，"总不能让人在里面待着吧？既然你是他哥，就应该想法把他弄出来。"

"那……要……要多少钱？"春山低声问。

"罚款五千元。"警察说。

春山的额头上沁出了细汗。五千元，到哪里去筹？再说他这样的打工仔，累死累活地攒五千元容易吗？让他拿出五千元上缴，还不如扒了他的皮。想到这儿，春山只好拨通了赵大头的电话，心想，何不借这个机会把赵大头欠的工钱要过来？电话接通了，但里面的声音很嘈杂，好像是酒桌上推杯换盏的声音。

"你是谁？干什么的？"赵大头的话含混不清，那熏人的酒气仿佛沿着电话那头的声音传了过来。这迎面的质问使春山更紧张了。他吞吞吐吐地说："赵经理，不是春旺出事了吗？需要钱缴……罚款。"

"缴什么罚款？"赵大头含含混混地问，"多少钱？"

"五……五千。"春山说。

"哪有那么多钱？老子为了给你们发钱都快喝成胃穿孔了！你还要钱？"赵大头在电话里大喊道。

"总不能让他在里面关着吧？事儿又不大。"春山惨兮兮地哀求，"赵经理，你要帮帮忙，春旺是我的亲弟弟呀！"

赵大头沉默了，过了一会儿说："我也没有多少，先送两千过去，你再想想办法。"赵大头让春山先在派出所等着，他在酒场上还没法来，待会儿安排人把钱送过去。

挂了电话，春山的心情平复了一些，不管怎么说，总算从赵大头手里抠出了点钱，尽管他已打定了主意。

有了赵大头的答复，春山又回到派出所里。那警察一见他进来，眉毛往上翘了翘，脸上也有了些笑意："你弄到钱了？"

春山依然哭丧着脸，试探着问："要是缴不上……罚款……得拘留多少天呀？"

"就这么点钱还缴不上？"警察更没好气了。

"同志，你又不是不知道，我们民工干活儿，平日只发生活费，其他钱要等到年底才发。真缴不上罚款可怎么办呀？"春山一脸愁绪地说。

"缴不上罚款就拘留十五天。"警察说。

天！竟然要十五天！春山的额头上又沁出了汗，就弄坏了个公共的避孕套箱子就拘留十五天？

春山扭过头去，看了看挂历，认真地数了数日子，心里盘算着，在里面待十五天，时间太长了。他心里有些遗憾，又厚着脸皮凑到警察跟前，试探着问："能不能少拘留几天？"

说着，又从口袋里掏出烟来，烟不怎么样，就是用来燎嘴的那种，实在拿不出手，但没办法，只好怯怯地上前讨好。

警察瞥了眼他手里的纸烟，用手一挡，冷冷地说："你别来这一套，少拘留也行，必须缴罚款。"

"缴多少？"春山低声问。

"你能缴上多少？"警察反问。

春山一时真的踌躇了，他能拿出多少钱？拿多了真的舍不得，可拿少了管事吗？他心里正嘀咕着，赵大头的司机从外面走进来，进门见到春山就把一卷钞票塞给他，随口说："老大说只能拿出这么多了。"

一见那卷红红绿绿的钞票，警察一直微眯着的眼猛地睁大了，对春山说："你这不有钱吗？"

春山摊摊手，意思是说，才这么点儿，不如就让春旺在里面待着吧！

"这有多少？"警察问。

春山的手抖了起来，来回数了两遍，才低声说："一千八。"

警察说："拿过来。"

春山一怔，用疑惑的目光望着他。

"拿过来呀！"警察催促。

春山只好把钱递过去。那警察倒是极其熟练，"叭叭"一点，用稍带嘲讽的口吻说："这不两千嘛！"

春山脸一红，急忙低下头去，自己的小伎俩被识破了，心里极其害臊：

"我……我……数错了。那缴上这些钱，还要拘留几天？"

"缴上这些钱……"警察沉思了一会儿说，"拘留十天吧！"

"十天也多了呀！我弟弟还有七天过生日。"春山低声说，"我真不想让他在里面过生日。"

春山终于说出了内心的纠结，用期待的目光望着警察。

警察沉思了一会儿，伸手拿出一本书翻了翻，好像翻到了什么条款，认真地看了看说："那就拘留七天吧，这种事最少拘留七天，正好了却你这当哥哥的一个心愿。"

"哎哎！"春山忙不迭地点着头，表示感谢。

办妥了手续，走出了派出所的大门，春山从心底长长地舒了口气。虽然很懊丧——缴了罚款，弟弟还是被拘留了，仅仅是为了偷几个安全套，但不管怎样，愿望总算没有落空，这也是唯一值得安慰的了。一路往回走着，春山心里反复这么想。

春旺生日那天，春山向赵大头请了半天假。弟弟跟着自己在外面打工，到了生日，他这当哥哥的总得表示表示。给春旺送什么礼物呢？春山早就决定了，送把电工刀。为送这份礼物，他还是费了一番心思的：在工地上干活儿，送吃的穿的没什么意思。春旺是工地上的电工，他很喜欢这份工作，从农村出来不久，工具不全，他曾在春山面前提到希望自己能有一把万能的电工刀。那种电工刀春山知道，做得很精致，用途也广泛，不光是电工，就连春山这样的外行看了也非常喜欢。只是买那么一把电工刀需要好几百元，春山一直没舍得给弟弟买，但是他记下了这件事，弟弟的生日礼物，春山左思右想就想到了电工刀。

真到了工具店的门口，春山又犹豫了，春旺出了这样的事，被罚了款，再买电工刀他有些舍不得……不行，舍不得也要买，毕竟是弟弟的生日，何况又出了这样的事，一定得给春旺年轻的心一个安慰。

春山买了电工刀就来到拘留所门口，来得早了些，便坐在门口的石头上抽烟。望着那高高的围墙，春山心里很懊丧，一个二十岁的年轻小伙子，因为偷几个安全套被关进拘留所七天，这对他该有怎样的影响？春山不敢再往下想，眼睛里一片迷茫。

想到这些，春山的心里不免有些难过，不自觉地从贴身的口袋里掏出钱包，钱包里面装着他的牵挂——一张儿子和妻子的照片。照片上，妻子和儿子都甜甜地朝他笑着。儿子一岁了，胖嘟嘟的，怎么看怎么可爱，妻子也水灵漂亮，那笑里仿佛有说不出的期待……春山心里的思念越来越浓，他想儿子了，他近一年没回家了，不但想儿子，更想媳妇。

春山的媳妇香草是他们十里八村的美人儿，结婚前追求者很多，可鬼使神差的，香草在众多追求者中看中了他这个穷小子，面对那些羡慕的目光，春山的心里美滋滋的。这时想到香草，他心里也美滋滋的，越美偏越想，越想就越甜，甜得都有些令人陶醉了。

一个阴影突然出现在春山的面前，是春旺，他的身体一下子遮住了照在春山身上的阳光，把他从梦境拉回现实。春山揉了揉眼睛，站起身来说："出来了？"

春旺没吱声，重重地点头。春山急忙把电工刀掏出来，递给春旺："送给你，生日礼物！"

春旺接了，令春山惊奇的是春旺并不高兴，只是把以前日思夜想的电工刀装进了口袋，抱怨说："过生日也不犒劳犒劳我？"

春山一怔，咬牙说："走吧，你过生日，我带你去吃好吃的。"说着，去拉春旺的手。

春旺却甩掉了哥哥的手，赌气说："我不去！"

"你……"春山迷惑地望着他，"你想干什么？"

"我过生日，你就不能大方点儿？"春旺低声说，眼里的深意不言而喻。

"你有秋芽！"春山猛地瞪他。春旺低下头去，只是用哀怨的眼神偷偷看他。"要不是秋芽，我能进局子？"春旺丧气地说。

春山感到惊奇。

"秋芽怕怀孕，让我去找避孕套……"春旺说。

望着弟弟哀怨的眼神，春山也低下头去："等回家尽早找媳妇吧。"

春旺噘着嘴，勉强点了点头。

天渐渐地凉下来，由于工地的资金迟迟落实不下来，赵大头只好宣布放工。其他工人放了工都极其失落，春山的心里却有些庆幸，终于可以有回家的理由了。春旺呢？他眼里更加迷茫，外面的世界还是很精彩的，回到那小山村去干什么呢？

春山对春旺说："回去吧，妈来电话了，让你回去相亲。"

春旺迷茫地问："哥，咱们还回来吗？"

"当然啦！赵大头不是对咱们说了嘛，等工地开工时就给咱们打电话。"春山劝春旺。

最终春山说服了春旺，春旺也相信他们能回来，因为赵大头并没有把工资全部发给他们，剩下的说等开工后再发。决定了回家就归心似箭，一天都等不了。兄弟俩半夜跑到火车站去排队，没想到放假的民工非常多，火车站被挤得水泄不通，票非常难买。

春山和春旺在火车站排了三天三夜的队，也没买到火车票。春旺打起了退堂鼓：回家也住不了几天，还不如在这边待着呢。春山却等不住了，他跟弟弟商量说："春旺，要不咱们从黄牛手里去倒两张票？"

"哥，从黄牛手里倒票很贵吧？你不心疼钱啦？"春旺问。

"贵！咱非走不可！为……你找……媳妇……花钱也值！"春山嗫嚅了一会儿，下定了决心。

当春山从黄牛手中接过火车票时，手抖得很厉害，既激动又心疼，心疼的是口袋里那屈指可数的钱更少了，激动的是终于可以回家了，可以满足娘给春旺找媳妇的心愿，更激动的是他能回家和媳妇香草相聚了。

火车在轰隆隆地前进，春山的心早已飞回了家乡，回到了香草那热情洋溢的怀抱。春山心情激动，想到香草身体内就有莫名其妙的冲动，他在位子上坐不住了，就去上厕所。火车上的人多，方便的人也多，男男女女都在厕所门前等着，还排起了长队。

春山刚进厕所，火车就进入了一段隧道，眼前一片漆黑，仿佛一下子进入了黑夜。黑夜无边无际，黑夜里暧昧的想象也无穷无尽，春山仿佛走进了自家的小院里，和香草在一起时的柔情蜜意一下子涌出来……

自己都如此，何况春旺！还是抓紧给春旺娶媳妇吧！春山这次回家的目标更加明确了。他整理好衣服出了厕所，外面又排了长长的一队人。

回到家乡的小山村时，太阳已经快落山了。这是太阳在山村里最温暖的时刻，对于长年在外的人来说能够感到一种母亲般的亲切。春山和春旺看到了夕阳下的村庄，看到了夕阳下村庄上空袅袅升起的炊烟，想到了妈妈做的晚饭。当年，春山独自外出打工时，回家的第一件事就是吃一顿妈妈做的饭，那饭不管是什么，都无比香甜，他能吃出家的味道，也能吃出对家的依恋……而现在呢？春山想得多了，除了妈妈的晚饭，他还想孩子，更想媳妇儿。

春山想到这些，不由得催促春旺加快了脚步。

第二天，春山就催促妈妈带弟弟春旺去相亲。春山对妈妈说："春旺已经不是小孩子了，该找个媳妇儿了，要不然心就野了！"妈妈点点头，觉得这样是对的，孩子大了，是该讨个媳妇拴住他的心。可是刚回来就去相亲，会让村里人说闲话，心里稍有嘀咕。春山跟妈妈强调：春旺和他在家的时间并不多，得抓紧。

妈妈晚上就找了媒人，媒人连夜联系。其实春旺并不着急去相亲，他挺喜欢外面的世界。春旺把自己的心里话告诉了妈妈。

妈妈一听就火了："怎么才出去几天，就不要家了？"春旺低下头，不敢再看妈妈的眼睛。

春旺在妈妈的威逼下去相亲，姑娘家是远近闻名的好人家，家境很殷实，娶了这样的媳妇可以依靠女方家过上好日子，只是姑娘是个哑巴。见面后，春旺心理不平衡起来，不管怎样，他也是走过南闯过北的大小伙子，竟然给他找个哑巴！家境不好怕什么？他和哥哥都在外面打工，他相信用不了几年家里一定会好的！

春旺给妈妈和媒人留了面子。春旺本想扭头就走，但在外面打工久了，人情世故学了不少，于是过了一会儿才找借口离开。

春旺走到村头十点左右，刚好有娶亲的队伍路过。新娘是春旺的发小，春旺不由得停下观看，新郎携新娘从家里出来，那新郎不但矮，而且丑，虽然结婚当天化过妆，但那模样……"就那样子也找这样的媳妇？"春旺"啐"了一口，极不服气地甩头而去。

回到家，院子里很静，几只母鸡在院子里悠闲地啄食。春旺心里纳闷：哥哥和嫂子哪儿去了？春旺嘀咕着往屋里走，心里还是有一股埋怨和不服气，不明白妈妈和哥哥为什么费心费力地给他找那样的媳妇。他走到哥哥和嫂子的房间前，门关着，屋里有异样的响动，这声音很特别，他的心一惊……

下午，春旺没打招呼就出去了。春山问香草，香草也不知道春旺去了哪儿。香草要出门回娘家，春山和春旺从外面带回来的东西要给爹娘送些回去。

傍晚，香草从娘家回来，进门就问春山："春旺和小哑巴定下了？"

春山有些摸不着头脑："没有啊！春旺不满意。"

"那他还带着小哑巴到后山转悠？"香草说。

"你看见了？"

"对。"香草说得很肯定。

在家里无聊的时候，春旺一直在玩春山送给他的电工刀，他的电工刀还没等用上工地就放假了。刀子是新的，在阳光下闪闪发亮，刀刃很锋利，春旺就用电工刀割些树条玩。春山看着春旺的样子，颇有些生气，呵斥他说："春旺，你在做什么？那刀子是割树条的吗？"

"我不割树条能做什么？好钢又用不到刀刃上。"春旺抱怨着。

"就不能想点别的事儿？"春山意识到自己呵斥的语气太重，又低声安慰弟弟。

一听春山的话，春旺嬉笑着凑上来，压低声音问："哥，你让我想什么事？家里的事我该不该管？"

春山的心又提了起来，春旺的眼神让他明白，弟弟有事要告诉他。果然春旺附在春山的耳旁说："哥，我发现了一个好地方，等找个时间我带你去看看。"

"什么地方？"春山警觉地问。

"我们小时候到后山玩的那个山洞呀！"春旺说得很神秘，"我前天去后山时看到了，那是个好地方，那里有秘密。"

"什么秘密？"春山睁大了眼睛。

"等去了你就知道了。"春旺说。

那天香草刚出门，春旺就叫春山去后山散步，说是去踏青，领略下家乡的风景。长年在外，到山上去找一下童年的记忆是一件很高兴的事。上山的时间是春旺看到香草的背影特意选定的。后山的那个山洞春山也知道，从小在山上长大的人对家乡的山山水水还是熟悉的，那个小山洞是他们在后山拾草打柴时避雨的地方。

春山和春旺快到洞口时便警觉起来，他们四处观察，临近洞口，听到洞里传出男女的喘息声和呻吟声。

听到女人的呻吟声，春山的脸色猛然青一阵紫一阵，他呆呆地站在那里，茫然无措。

春旺把哥哥表情瞬间的变化看在眼里，他的心在狂跳，正要张嘴喊，春山上前捂住了他的嘴，生怕他喊出声来。他硬抓着弟弟的手往外走，但是他的双腿又软又重，几乎迈不动脚步，脑海里也一片空白，他是在弟弟的搀扶下走出后山的。

赵大头终于来电话了，说工地要开工了，让他们马上回去，准备抢工期，工资在抢工期期间翻倍。这个消息对春山来说真是又惊又喜，他在这个家里待得极不自然。

春山接完赵大头的电话，在院子里突然仰天大笑起来，他转头看了看站在身边的香草，大声喊道："妈、春旺，我们工地要开工了，赵大头让我们回去呢！"

妈妈听了，既高兴又失落，从屋里出来，问春山："你们什么时候走？"

"明天就走。"春山说。

妈妈突然慌乱起来，显得有些手足无措："这么急？"

"工地上忙嘛。"春山说。

"好，那我去割肉，晚上咱们包饺子。"妈妈说着，略显慌乱地走出门去。

站在一旁的春旺自始至终一句话都没有说，手里把玩着那把崭新的电工刀。等妈妈出去了，春旺用冷冷的眼神盯了一眼嫂子香草，低声对春山说："哥，这事儿……你真的……要忍？"

听到这话，香草的身体冷冷地一抖，接着怯怯地低下头去，不敢吱声。

春山狠狠地瞪了春旺一眼，制止住他。

春旺重重地叹了口气，握着电工刀摔门而去。

院子里只剩下春山和香草。香草对春山摊了牌，她亲口告诉他，那个男人在他们哥俩外出打工的日子，以帮忙为借口，常来他们家，最后侵占了她。对方有权有势，她只好委曲求全，不敢张扬。

"春山，你走吧！你嫌我脏，你走后我就回娘家。你要离婚……我也同意……这些日子我几乎是在刀尖上过。"香草哭着说，"看到你的目光，特别是看到春旺的脸色，我连……死的心……都有了……"

面对香草的泪水，春山没有言语，他的喉头动了动，把苦涩的泪水咽进了肚子里。

香草哭泣着，捂着嘴强忍着不在春山面前哭出声，踉跄着跑进了屋里。

妈妈回来时，春旺还没回来。妈妈割了肉，并且在外面搅好了肉馅，进门就问："春旺呢？"

春山急忙扭过头去，不敢让妈妈看到自己的表情，低声说："噢，妈，他出去了，还没回来。"

"那香草呢，快叫她来和我一起包饺子。"妈妈说。

"香草的身子不舒服，我和您包吧。"春山说。

"好。"儿子说出这样的话，妈妈很高兴。和儿子在一起包饺子，做母亲的自然很幸福。

春山给妈妈擀着饺子皮，妈妈包着饺子，母子俩配合得很好。这一刻的相处让妈妈有一种说不出的幸福，她笑着问春山："还会擀皮儿了？"

"怎么样？"春山换上一副笑脸。

"挺好。跟谁学的？"妈妈幸福地问。

"我这点儿手艺还能跟谁学，还不是跟您老人家学的？"春山故意说道。

妈妈笑了，春山也笑了，家里荡漾着融融的暖意。

就在这时，家门"砰"地被撞开了，邻居慌慌张张地从外面跑进来说："快！出事了，春旺……春旺……"

春山的汗毛骤然倒立起来，他最担心的事终于发生了。

"怎么……怎么……啦？"妈妈已经慌得不成样子。

"春旺杀人了。"邻居说。

妈妈一下子瘫坐在地上。春山跟着邻居跑到被害人家里，院子里围满了人，春旺站在院子中央，手里握着那把崭新的电工刀，电工刀上沾满了鲜血，血沿着刀刃一滴滴地流下来。男人死猪般躺在地上，身上不止一处刀伤。

春旺一见春山，微微笑了，像一头咆哮的狮子喊道："哥，这口气我替你出了，我不像你，被人戴了绿帽子，还以为在遮阳！"

春山望着春旺，泪水像断了线的珠子。他猛然冲上前去，从春旺的手里夺过电工刀，紧握在手里，鲜红的血沿着冰冷的刀锋缓缓地滴落下来……

春光明媚

村主任德平兴奋得一夜都没睡好，明天要到市里去开表彰大会，整个镇上只有他一个村主任去，心里说不出有多美。晚上做梦，德平梦到自己颤颤悠悠地跨上主席台，手捧奖状，胸戴红花。他嘴角溢出笑意，忍不住"嘿嘿"笑出声来。

"做梦想媳妇呢？"身边熟睡的老婆被他得意的笑声吵醒了，推了他一把。

德平还在"嘿嘿"笑着。

"傻笑什么呢？"老婆有些不高兴了。

"你猜我梦到什么了。"德平凑到老婆耳边说。

"梦到什么了？"老婆瞪着好奇的双眼。

"我……我不告诉你。"德平话到嘴边故意卖个关子，又"嘿嘿"地笑了。

老婆更加疑惑了，盯着德平问："你到底梦到什么了？"

德平微微一笑，扭过头去，做出要睡去的样子。

老婆急了，猛地跃起来，骑在德平身上："说！你到底梦到什么了！"

德平也惊了，没想到一个玩笑竟招来老婆这般疯。他双手合十求饶道："没梦到什么，真的没梦到什么，只是梦到领奖，戴红花。"

老婆的眼神里依然充满怀疑："我不信。"

"真的，明天要去市里开表彰大会。"德平说。

看德平一脸严肃，老婆便不再追问，她伸手捅了德平一把，有些埋怨地从他身上下来。

经过这一番折腾，德平竟一觉睡到天亮。醒来时已天光大亮，外面春光明媚。德平伸着懒腰，打着哈欠，发现老婆早已不在床上。

德平便在床上喊，让老婆给他拿新衣裳。老婆从卫生间出来，妆化得非常精致，头发绾成了高高的发髻。

德平睁大了眼，没想到老婆打扮起来这般光鲜。他问道："你这是准备干啥？"

老婆瞅他一眼，说："快起来吧，吃了饭我也跟你进城。"

"啥？跟我进城？"德平更加惊奇了，"我是去开会，你去干啥？"

"你开你的会，我自己去逛街。"老婆说着扭身回到卫生间。

"这婆娘。"德平骂道。德平把老婆放到床头的新衣服扯过来看了看，都还不错，老婆对他穿什么好看得体心里一直很有数。德平醒来后肚子里一直憋着一泡尿，起床后，就往厕所跑。老婆还站在化妆镜前描眉，描得认真仔细。

"这是干啥？"德平有些不高兴。

"跟你出去，总得拾掇得像个样子。"老婆说。

"谁说要带你去了？没事找事。"德平咕哝着。

"我去怎么啦，又不碍你事。"老婆并不在意。

"不行就不行！"德平有些恼怒地回头说。

"为什么不行？"老婆的声音也高起来。

"反正不能去！我是去忙正事的。"德平撒完尿，走出卫生间，把老婆晾在里面。不一会儿，又默默地回来刷牙、洗脸，不和老婆说一句话。

起初，老婆觉得德平说的是玩笑话，现在看他这严肃样儿，绝不是玩笑那般简单，心里的拗劲儿也上来了，她站在化妆镜前，更加认真地化起妆来，心说：你不让我去，我偏去！

德平不理老婆，他也说不出为什么会产生这种逆反心理——老婆想去，他偏不让她去。他换好衣服来到厨房，老婆正坐在饭桌前兀自剥着鸡蛋，面前也只有为她自己盛的一碗稀饭。见这阵势，德平气不打一处来，早饭也不吃了，一声不吭，扭头往外走。

到了街门外，德平把面包车从车棚里开出来，抽过自来水水管把车冲刷了一遍，再把车窗玻璃擦拭干净，把车启动起来。心里想，本来是件高兴的事儿，现在却弄得这般扫兴。

德平启动车的时候，见打扮得光鲜亮丽的老婆挎着小包急匆匆地跑出来，看来老婆的犟劲儿也上来了，是铁了心要跟他进城。德平心里说：你犟我更犟！不信我还治不了你！

德平拿定主意，在老婆伸手开车门的刹那，猛地挂挡把车开出去，一下子把老婆闪了个趔趄。

车驶出没多远，德平回头，见老婆还站在原地，望着他的面包车渐渐远去，泪眼婆娑。望着心情失落的老婆，他的心里涌起一股酸溜溜的滋味，极不好受，可开回去又觉得打自己的脸。德平调整了一下心绪，开车直奔村头的大道。

全市的表彰大会总是安排在春光明媚的日子里召开。迎着明媚的朝阳，德平摇下车窗玻璃，让柔和的风吹着脸。此时他的心里又有了些许歉意，其实带老婆进城也不麻烦，可是已经走到了这一步，也只能事后再补偿了。开完会后，去给老婆买件衣服吧，老夫老妻了还怄什么气呀。

"大哥，你去哪儿？"

德平正盘算着，忽然听到有人喊他。他的脚下意识地踩住刹车，头从车窗探出去，只见路边有几个村民正在等公交车。喊他的是春旺，旁边还站着他完婚不久的新媳妇，一见德平往外探头就拼命向他招手。

"我进城开会去。"德平说。

春旺一听，拉起媳妇的手就往德平这边跑过来。这时，公交车已经开了过来，等车的人都上了车，春旺的媳妇还停下来提醒春旺："车来了。"

"让他们走吧，咱跟着大哥走。"春旺说。

春旺拉着媳妇跑到德平车前，德平的眼前禁不住一亮。怪不得全村人都在传春旺是癞蛤蟆吃了天鹅肉，这新媳妇长得真水灵，高矮合适，胖瘦相宜，那模样让人看了从心底感到舒服。

"你们要去哪儿？"德平问。

"我们也进城。"春旺说。

"我开会误不了你们事儿？"德平本想让他们尽快上车，却又怕耽误他们事儿。

"误不了，还方便了呢！"春旺说。

"那上来吧。"

春旺让他媳妇坐到副驾驶座位上，说："让她坐这儿吧，她晕车，给她开着车窗就行。"

德平心说，现在的年轻人真会关心媳妇。

春旺的媳妇是个很开朗的人，一路上说说笑笑，落落大方，不时还会蹦出几句逗乐的笑话，逗得大家开开心心的，把德平早上烦躁的心情驱散得一干二净。

一路上说笑着，彼此就熟悉了。德平在心里感叹，春旺真是找了个好媳妇呀！不但人长得漂亮，还通情达理，真好！

市里的表彰大会在一家宾馆的会议中心召开。德平在宾馆大门前停下车，新媳妇突然问："德平大哥，你啥时回去呀？"

"嗯……下午开完会吧。"德平偏着头说。

"那我们逛完，直接跟你再一起回去咋样？"新媳妇又问。

德平抬头，看到新媳妇那期待的眼神，不好意思拒绝，就说："也好，你们下午逛完就在宾馆门口等我吧。"

"我们什么时候过来等你？"新媳妇问。

"过来前，春旺先给我打个电话。"德平说。

"我还不知道你电话号码呢。"春旺说。

"怎么连我电话号码都不知道？"

"你是一村之长呀，谁敢高攀？"春旺说。

"嗨，都是一村的街坊邻居。"德平随口报出自己的手机号码，春旺夫妻俩赶忙把号码存到手机上。

等一切安排好，德平把车停在停车场，三人下了车。德平故意走在春旺身后，拉了他一把，嘱咐他说："媳妇这么好，可一定要对人家好，别把人气跑了！"

春旺不住地点头。没想到德平这低声细语的嘱咐被新媳妇一字不漏地听进耳朵里，她咯咯地笑着说："放心吧，我跑不了，到你们村我是王八吃秤砣——铁了心。春旺这么好，又有你这么好的村主任，我才舍不得跑呢！"

新媳妇的话一下子把德平窘成大红脸，他有些不好意思，但心里非常受用。

德平抬头尴尬地摆摆手："快走吧，下午再说。"

"走啦，大哥。"新媳妇甜甜地招呼着，和春旺一起走了。

望着两人渐渐远去的背影，德平嘴里又忍不住啧啧称赞："春旺真是找了个好媳妇！"

"德平，时间快到了，人家都走远了，还瞅什么呢！"旁边镇上的干事招呼他说。

德平回过头来，迎着干事走过去。

表彰大会比预想的还要好，德平被评为先进个人，上台领奖时气氛达到了高潮。他胸戴红花、手捧证书站在台上时，心里忽然升起一股莫名的孤独感。此刻要是台下有人——有熟悉的人看着他该多好！

开完大会，已到饭点，德平便和几个熟识的人在宾馆里就餐。正吃着，手机响了，一看，号码有些陌生，便接了。

"大哥，春旺给你打电话了吗？"电话里传来新媳妇爽脆的声音。

"没呢，你们不是在一起吗？"德平不解地问。

"刚才我们看展览时走散了，给他打电话也打不通，不知道这会儿跑到哪里去了！"新媳妇在电话里着急地叹气。

"你先别着急，吃饭了吗？"德平问道。

"没呀，没找到春旺我怎么有心思吃？"新媳妇无奈地说。

德平电话的声音很大，他们的对话被周围人听得一清二楚，大家便围着他起哄："德平，让她过来吃嘛！还有这么多菜，无非多双筷子多个碗。"

德平心想新媳妇总得吃饭，况且已经约好了下午一起回，说不定春旺过一会儿就会给自己打电话，便对新媳妇说："要不你先过来吧，春旺早晚也得到这里来，你等他就是了。"

听了德平的话，新媳妇在电话里沉默了一会儿，最后无奈地说："也只能这样了。"

过了一会儿，德平电话响了，一看果真是春旺媳妇到了，问了她所在的位置，德平便下楼去接她。

新媳妇站在宾馆门前，一脸焦躁。"大哥，也不知道这家伙跑哪里去了！"一见德平，新媳妇有些委屈地诉苦。

"别着急，春旺也许一会儿就过来了。先跟我去吃饭吧。"

"那怎么使得？"新媳妇有些不好意思。

"没事，多双筷子的事。"德平说。

新媳妇也真的饿了，便跟在德平身后。

德平领着春旺媳妇走进餐厅，原本嘈杂的房间霎时安静下来。

新媳妇一下子被这么多目光盯着，有些不自在，羞涩地低下头，低声说："打扰你们了，不好意思。"

听了这话，众人急忙让座、倒茶。

随着时间推移，众人渐渐都散去了，只剩下德平和新媳妇在停车场等着春旺。新媳妇一边踮着脚向远处张望，一边不停地拨着手机，拨一次就失望一次，春旺的手机总是无法接通。

"号码拨得对吗？"德平忍不住问。

"不会错的，他的手机号码我都能倒背，怎么会拨错呢！"新媳妇胸有成竹。

"来，你说一遍，我拨拨试试。"德平也等得着急了，掏出手机说。

新媳妇向德平复述了一遍春旺的手机号码，一会儿德平手机传来回音：您拨打的电话暂时无法接通……他又固执地拨了一遍，回音依然如初。

"你和春旺是怎么走散的？"德平问新媳妇。

"看家具展时，春旺碰到了一个同学，两人聊了起来，我就自己逛了一会儿，等我回来找他的时候，他就不见了。"新媳妇说。

德平看了看时间，已经下午三点多了，春旺还没有回来的意思。德平也真的着急了，想起早上和老婆闹的别扭，心里有些过意不去，便试探着问新媳妇："要不你先跟我去办点事，咱们回来再接春旺？"

新媳妇一惊："什么事儿？"

德平不好意思地笑笑说："其实也没什么事，我这不得奖了嘛，这奖状少不了你嫂子的功劳。刚好你在，你眼光好，帮我一起去给她买件夏天穿的衣服吧。"

新媳妇愣了一下，说道："大哥，你对嫂子真好。行，我跟你去买，回来再接春旺。"

德平和新媳妇上了车，往百货大楼驶去。

在车上，新媳妇问德平想给老婆买什么样的衣服。德平说："你参谋着给买吧，我也不会买，今年流行的就行。"

新媳妇想了想说："大哥，你也不常给嫂子买衣服，今天又有这么大的喜事，干脆买条好点儿的连衣裙。"

"行，你看着好的，你嫂子肯定喜欢。"德平说。

"走吧，那就直接去地下商场吧。"新媳妇说。

按照新媳妇指的路，德平驱车直奔地下商场。原来新媳妇的同学在地下商场开了一家时装店，衣服款式新颖，美观大方，熟人去价格很优惠。

德平跟着新媳妇来到时装店内，那同学一见新媳妇就问："春旺找到你啦？"

"没有，怎么啦？"新媳妇一惊。

"不久前春旺来找你，说在家具展走散了。他的手机没电了。"同学解释说，"我说你没来过。"

"那春旺呢？

"走了，说到宾馆去等你。"

"这家伙！"新媳妇气得骂了一句，掏出手机就要给春旺打电话。

"这是地下商场，信号不好。"同学说。

新媳妇自嘲地笑笑，收起手机。春旺的手机早就打不通了，不然早联系上了，还用等到现在！

"要不咱先回去接春旺？"德平征求新媳妇的意见。

"来都来了，先买衣服吧。春旺还能跑到哪里去？"新媳妇说。

新媳妇认真挑选起连衣裙，她拿起一件黑底白花的连衣裙问德平好不好，德平心里一喜：这新媳妇好眼力，裙子一下子就抓住了他的眼。

新媳妇问德平他老婆的身材如何，德平含糊地说，高矮和新媳妇差不多，只是年龄大了，发福了。

新媳妇笑了，让同学挑了一件大号的，回头对德平说："这件应该差不多，我试试，你看好不好。"说着拿着裙子进了试衣间。

不一会儿，新媳妇换好裙子走出来。"大哥，满意不满意？"新媳妇问道。

"满意，满意。"德平忙不迭地点头，"就这件吧。"

两人走出地下商场，新媳妇的手机震动了一下，像是信息。她查看了一下，对德平说，可能春旺来过电话了，手机显示有未接来电。

新媳妇按照显示的号码打回去，是宾馆旁边公用电话亭的号码，接电话的人说是一个不到三十岁的小伙子打的。

"咱们快回去吧，别让春旺再走掉了。"德平说。

新媳妇点点头。两人开车回到宾馆，找遍了里里外外也没见到春旺的身影，打他的手机依然无法接通。两人便跟门卫打听，门卫说不久前是有个小伙子在宾馆门前和停车场上找人，后来打了一辆摩的急急忙忙离开了。两人傻了眼，又等了一会儿，还是不见春旺的身影。

天渐渐晚了，还有三十多公里的路要赶。

"要不咱们还是走吧，春旺这么大的人肯定丢不了。"新媳妇说。

"走吧，我也相信他能回家。"德平说。

两人开车往回走，路上话不多，完全没有了先前的欢快气氛。德平车开得很慢，一路上寻找着春旺的身影，但直到回到村子，也没有见到春旺的影子。

德平开车往春旺家走，有人看到车里只坐着他和春旺媳妇，惊奇地睁大眼睛，不自觉地对着车指指点点。

德平把车开到春旺家门口，大门紧锁着，春旺还没回来。新媳妇下了车，笑着说："谢谢大哥。等春旺回来，我们去你家道谢。"

德平掉头开车回到自己家，把车停好，喜滋滋地捧着奖状和新裙子走进院里，还没进屋门，就听到老婆气哼哼地说："春旺，你别生气了，他要是真给你戴了绿帽子，看我怎么收拾他！"

"你们说什么呢？"德平茫然地问。

只见春旺猛然站起来，双眼喷火地盯着德平，大喊道："德平！你别仗着自己是村主任就欺负人！我跟你没完！"说完怒气冲冲地跑回家去。

　　据说，春旺和新媳妇吵了两天两夜，春旺不敢打新媳妇，就砸了许多家具。新媳妇一怒之下回了娘家，要和春旺离婚。

　　德平更惨，奖状和裙子都被扔到院里，老婆揪头发，掐耳朵，让德平把事情说清楚。

　　德平说了一遍又一遍。"编，你就给我编！"老婆不信。

　　德平不解地望着老婆。只不过在明媚的春天，进城开了个表彰大会，咋就说不清楚呢……

落满白雪的小屋

    门"吱呀"一声开了，又被风"呼"地顶了回去。一条黄狗从门缝里蹿出来，在无垠的雪地上跑了一圈，然后跷起后腿，在小屋墙角的雪地上浇了一泡尿。门再次被推开，小屋里走出了德长老汉，他头戴一顶褪色的棉帽，帽耳朵在半空中耷拉着，两手各提一个空暖瓶，迈着小心翼翼的步子朝码头走去。雪很厚，踩上去一步一个深深的脚印，发出"吱吱"的声响。太阳从厚厚的云层里探出半边脸，寒风从积雪上掠过，发出长长的呼啸声。

    下了雪，天地显得更宁静，有风，空气里有凛冽的寒意。远处一片空旷，露天金矿的开采已经接近尾声，现在人已撤回厂区，原来的喧哗变得冷清，雪覆盖了密密的松林，一株株马尾松在雪的装饰下犹如一座座玲珑的小塔。大雪也覆盖了货场的盐，使原来的盐坨更白，看盐的小屋好像从白白的雪世界里冒出来的一朵鲜嫩的蘑菇。

    渔船被拉上岸后不知道躲哪儿去了，只有那艘万吨级运盐运矿石的货轮还停泊在码头，在看盐小屋的衬托下，显得高大伟岸。

"又来了!"货轮上值班的亮子心里厌恶地想。他走下甲板来到舷梯前,揿下一个方盒中间的按钮,把连接趸船与甲板的舷梯吊起来。舷梯的底端贴着船壁缓缓升高,而亮子的内心深处隐约闪过一个少女的倩影,好像一头小鹿闪过林间空地。一阵透心的寒气让他打了个冷战。

德长老汉上了码头甲板,喝退了跟着他的黄狗。走到趸船的天篷下,跺了跺脚上的雪,把两个暖瓶并在一只手上,腾出另一只手准备去扶舷梯的护栏。抬眼张望,才发现舷梯被高高地吊在了半空中。

德长老汉萧索的神色中显出一丝悲凉,他木然地站在舷梯下,对着十来米高的船壁呆呆地仰望了一会儿,心里寻思:这舷梯为何要吊上去呢?

德长老汉是这艘货轮上的熟人,他常到船上来打开水、看电视,和船员们都混得很熟。这艘货轮航线固定,一个航次七天左右,从这里开过渤海湾向大连港运盐,一个航程来回两天,剩下的日子有一大半停靠在这个码头上装货,货就是他在看管着的盐,德长老汉自然而然地就跟船员们拉上了交情。

德长老汉是一个有趣的人。他到货轮上来,打走白开水,留下故事和段子。船员中间当然也有能说会道的,可是德长老汉的机智谈吐把他们全盖过了。他时常灌满暖瓶,并不急着下船,而是坐在电视前抽他的烟斗。电视前总围着不少船员,荧屏上播什么并不重要,聚在一起斗嘴磨牙瞎开心才是主题。

不知德长老汉哪儿来那么多故事和段子,常常逗得船员们发出掀篷的大笑。

亮子觉得很长见识，他刚从航运学校毕业不久，被爷爷安排到自家公司的船上来当水手，他好像一只雏鸟对大千世界睁开了好奇的眼睛。德长老汉等大家笑够了，才会磕磕烟锅，重装一袋烟丝，说下一个故事。等德长老汉说乏了，就在众人的哄笑声中，拎起暖瓶优哉游哉地走下船去。

德长老汉上船从不带狗。货轮上防火防爆管制很严，不是谁想上就可以上的。这艘万吨级巨轮是进口的，设施豪华，德长老汉把上船看成一种待遇、一种荣耀，狗再亲也不可以带上船去。

不过，德长老汉跟船员们处得那么熟，狗可以不带，人是不是例外呢？有一回，德长老汉的两个孙子从三十里开外的村庄来看爷爷，一道来的还有一位乡村教师，德长老汉就把他们带到船上来了。

这地方特别，先是山，山下是大金矿，往海边走是大片的盐碱地，近几年开发，建成了一望无际的盐场，再往里就是密密麻麻的松树林，还有那千百年来积下的厚厚的黄沙，几乎全部是宝。

亮子的爷爷是个有远见的人，利用这地理的优势，先开了金矿，金矿被国家收购以后，又经营起了盐场。他家走运，盐场建成以后，行情越来越好，亮子爷爷成了当地的首富。为了把盐运出去，买了这艘在省里都著名的货轮，不运盐时，就运矿石和黄沙，生意好得很。

亮子家远近闻名，当地人既羡慕又敬畏。能登上亮子家的货轮，在当地是件很荣耀的事情。德长老汉有一点儿炫耀的意思，忍不住跟大家分享一下他登上货轮的事，好显得他高人一等。他一定在村子里吹嘘过这艘货轮——上面有餐厅、有钢琴搬走后改装的乒乓球室，船员们睡的是席梦思软床，床的周遭有红里子外黑天鹅绒的双层帷幕……德长老汉的描述勾起了乡村教师的好奇心，他想见识一下这艘雄伟的货轮，便带着他教的德长老汉的两个孙子，骑上摩托车，行三十多里路，大汗淋漓地来到海边，找德长老汉来了。德长老汉领着他们上船的时候，生怕遭到阻拦，跌了面子，便满脸堆笑，格外殷勤地散发香烟，脸上的褶子差不多都要挤出水来了。

亮子趴在船舱外的栏杆上看见了，调侃道："好你个德长老汉，升班长了吧！"

德长老汉马上把香烟递上去，亮子摇手。德长老汉扳住亮子的肩，把香烟夹在亮子的耳朵上，回身对乡村教师说："甲板上可不敢抽。你皮鞋上没有钉子吧？货轮上不能穿带钉子的鞋。"

乡村教师惴惴不安地说："我穿的是球鞋。"

其实德长老汉早就看见乡村教师穿的是球鞋，他是故意说给亮子听的，表示他对货轮上的规矩很了解。亮子并没有为难德长老汉的意思，只不过是开个玩笑。

那天，德长老汉领着两个孙子和乡村教师上上下下把货轮看了个遍，还到浴室里洗了个澡。洗完澡，几个人又在亮子的帮助下，站在由驾驶台延伸出去的瞭望架上，透过航海用的望远镜，饱览岸上和海上的风光。德长老汉其实也没碰过望远镜，但是为了让他领来的"客人"尽兴，他自己忍住了。德长老汉笑眯眯地摸着下巴上的胡楂子，从孙子们你争我抢地端着望远镜的快乐中找到满足感。一伙人在船上玩得不亦乐乎……

临走的时候，机匠大乘对德长老汉说："明天再来吧，明天亮子的爷爷上船来慰问我们员工，来吧，保管你吃好喝好。"

德长老汉面上一喜，他知道，亮子的爷爷就是盐场的董事长，平时很难见上面。

"明天等着你开宴席呀。"机匠大乘又说。船上的人已经忙碌着打扫卫生，挂彩旗了，看来真是要迎接重要的人物。

德长老汉听出了大乘话里的讥讽，面色一红，自找台阶说："来什么？就不来给你们添麻烦了。"他心里颇有些失落，在乡村教师和两个孙子面前自言自语："来什么？我也没空儿！"

第二天，德长老汉在小屋里待不住，早早地来到码头上，独自站在船边。货轮上已喜气洋洋，亮子的爷爷在亮子的陪同下在货轮上参观，还和员工们一一握手，样子非常气派。在拐弯时，亮子看到了德长老汉，向他招手，让他上船。德长老汉大喜，此时他是真的渴望登上船去，可当他走到舷梯边，看到那一辆辆炫目的轿车时，心里又产生了重重的自卑。他低下头，默默地转身走回小屋，整整一天，再也没有出来。

秋风起，蟹脚黄，日景好，整天都是火毒的秋阳，盐疯了般的长，扒都扒不迭，正是运输繁忙的季节。远聘来的农工每天装十四五个点儿，累死累活的，每天带的水都不够喝，口渴得紧，便派一人上船来打水。一天亮子值班，他正在船尾的栏杆上拴一根钓洄鱼的鱼线，没看见打水的农工上船。等他看见时，农工已经走到船尾的伙房前用暖瓶盛水了。亮子问："咦，你怎么上来啦？"

那农工张嘴就说："德长大伯叫我上来的。"

旁边走过机匠大乘，他头一歪眼一瞪，明知故问道："谁是德长大伯啊？"

打水的农工扬起一个空暖瓶指着岸上，说："看，看盐的……"

大乘皮笑肉不笑地说："哦，你说德长老汉啊，我还以为是哪个大人物呢！"

农工不打德长老汉的旗号还好，这一句"德长大伯叫我上来的"却有点犯忌。农工们上船来打开水，就跟德长老汉自己来打开水一样，水手们的心胸是可以包容的。但是一个外人做主让另一个外人上船来打开水，这叫亮子动了气。

大乘更是心地险恶，他冲着亮子使眼色，让亮子行使值班水手的职权。亮子负气地骂了一声："你以为德长大伯是谁？"

大乘见亮子并未阻止农工打开水，便悻悻地说："你光骂不顶事，要动真格的。"

亮子明白，依大乘的意思，应该劈手夺下农工带来的暖瓶，没收了才解恨。可是亮子的良知使他下不了这个手，便说："快点打，打完下船。"

大乘阴阳怪气地说："你这样子给大副知道了，要说你值班不负责任喔。"

亮子不理大乘，继续对农工说："告诉德长老汉，别乱指派人上船。"

农工知道说错了话，一声不吭，低着头灌满开水，就赶快下船去了。

这件事被大乘当成话把儿散布以后，大家便对德长老汉有了意见。再看见他上船，一个个脸上挂了霜，不似从前那般亲切了。德长老汉感觉到这种变化，举止也不敢像往常那么随便了。

一天午后，太阳照在甲板的天桥上。亮子戴着值班的红袖箍，拿一把喷壶给花浇水。花儿栽在锯成两半的汽油桶里，汽油桶里盛了土，被做成硕大的铁皮花盆。还有一个盛水的汽油桶里种了睡莲，几条寸把长的小鱼不时地从黝黑的深处钻上来，在莲茎上啄一口，又迅速不见了。

亮子正兀自看得出神，忽然听见身后传来脚步声，一回头，看见德长老汉带着一个粉嫩的女孩施施而行，从甲板登楼梯上天桥。女孩刚刚发育的样子，俊俏得如同仙女，她穿着一件红毛衣，映得脸颊红彤彤的，袖子往上撸了一把，露出两截白生生的嫩藕一般的小臂。她双手拎着一个洗衣桶，就那样站在天桥上，因为怕生，不住地看德长老汉。

亮子不自然地清清嗓子，不知道该说什么好。

德长老汉先开口了："呵呵，是你值班啊！我外孙女来看我，非要给我洗衣服。我就说你们船上有洗衣机，我带她上船来洗。她也想看看货轮。"

女孩不满地剜了德长老汉一眼，这让亮子察觉到，哪里是外孙女想要看货轮，一定是德长老汉在女孩面前夸口，显摆自己在当地闻名的货轮上有面子，才强扭着带她来的。

看到这么漂亮的女孩上船，亮子当然很高兴。在货轮上工作，虽然工资高，但很难看到女人，更何况是年轻的女孩。他马上热情地表示欢迎，丢下喷壶，亲自带女孩去洗衣间。

亮子领头，德长老汉殿后，三个人相跟着通过铺着木板的天桥，来到艉楼浴室旁的洗衣间。亮子问女孩叫什么名字，女孩小声说："娟子。"

亮子笑道："毽子？那不是一踢老高嘛！"娟子正要纠正，一看亮子的眼神，知道他听明白了，就哼一声，翻了个白眼。

洗衣机是滚筒式的，挺高级。亮子告诉娟子每一个键是干什么用的，娟子担心地说："这么多呀，我一下记不住，不会搞坏吧？"

亮子说："搞坏就把你卖了来赔。"

娟子说："不洗了，不洗了，什么破玩意儿。"

亮子哈哈笑道："那你为什么来呀？"

娟子埋怨德长老汉："都怪你，姥爷……"

德长老汉笑呵呵地说："小孩子家，开不起玩笑。"

亮子帮助娟子把洗衣机程序设定好，说："没事了，我都弄好了，你跟你姥爷随便转转吧，我就不陪着了。"其实他极想全程陪同，只是怕同事笑话，才这样说。当他反剪双手离开的时候，脸上分明带着得意的笑容。

过了几天，亮子到看盐的小屋去了。

小屋十分狭小，只搁得下一床、一桌、一凳。门旁一个泥糊的盆式锅灶，已被柴火熏得黢黑。门上贴着哼哈二将门神，屋里有一张哪吒闹海年画，无论是门神还是年画都已经发黄破损了。

亮子跟德长老汉攀谈起来。德长老汉说他有两儿一女，两个孙子一般大，都是十一岁，外孙女今年十七岁了。德长老汉在海港看盐，每月挣小千数块钱，对于一个乡下老人来说，虽孤独了些，但也算一件美差，更何况德长老汉还可以上船……这种生活反倒更自在。

德长老汉谈起那些从挂机船上往下运盐的农工，态度既同情又严厉。

无论春夏秋冬，哪怕是寒冷的早晨，农工们只能穿一件汗衫，走在颤悠悠的跳板上，浑身冒着热气。都是外地来的打工人，生活都不容易，出于同情，德长老汉告诉他们可以上船打开水，但是转脸又会严厉地呵斥他们。为什么呢？因为这些精壮的汉子会偷懒，一不留神，就会把盐倒进海里。

"有的人啊，就是这样既可怜又可恨的坏种。你看他像牛马一样干活儿，可怜他了，他却给你冒出一股坏水来。哼哼……"

这些话伴着德长老汉鼻孔里冒出的青烟，慢悠悠地被吐出来，让亮子莫名诧异。亮子发现德长老汉身上潜藏着一种纯朴和狡黠。甚至，他带外孙女上船洗衣的动机，也比亮子所想的图省力要复杂许多。他揣摩透了船员们的心理，想借此重新获得亮子等人的欢迎。一想到自己被他牵着鼻子走，或许也被他看成那种"既可怜又可恨的坏种"，亮子就有点脸红。

自从亮子去了看盐的小屋拜访，德长老汉就多了一份警惕。他再也不带外孙女上船了。亮子便常到看盐的小屋去，心想说不定能碰到娟子，他哪里猜得到德长老汉早已嘱咐娟子不得再到海边来。亮子见不到娟子，总觉得生活寡淡无聊，好像丢了魂一样。

只是德长老汉把外孙女藏得再紧，亮子还是见到了娟子。一天傍晚，亮子下船到田野里去踩"地气"，也许是走得太远了，无意间，在围着一湾月牙形洄水的大堤上，亮子碰见了赶着一群白鹅回家的娟子。娟子比上次见到时愈发清瘦俏丽，衣衫也穿得单薄，手里拿一竿长竹梢子，梢头缀一片赶鹅用的红布。亮子站在鹅群前，挡住了娟子的去路。白鹅张开宽大的翅膀，嘎嘎叫着飞进大堤下的洄水湾里去。娟子认出了亮子，不似之前在货轮上那般羞涩，她好像从土地里汲取了力量，变得有点儿调皮，两只星子般闪亮的明眸在亮子的脸上一睇，忽然扬起赶鹅的红布梢子，在傻愣愣站着的亮子头上呼啦一抖。梢子上的水珠淋了亮子一脸，感觉凉飕飕的。亮子抬起手来抹脸的工夫，娟子咯咯地笑着，像一只鹅那样，从亮子身边跑开了。

你跑不了了。亮子笑着在心里说，只要有心，肯定能见上。

德长老汉感觉到亮子对他的态度发生了变化，这种变化随着亮子与娟子暗中交往的增进而逐渐显露出来。终于有一天，德长老汉察觉了他们的秘密。他表面上不动声色，对亮子还和往常一样，暗地里却叮嘱外孙女："娟子，听姥爷一句，要远离亮子。他家里条件太好了，咱们靠不上。再说做水手的……也靠不住！"

"为什么靠不上？真的靠不住吗？"娟子不解，见了亮子，噘起红润的小嘴，把姥爷的话学给亮子听。

亮子搂住娟子的肩膀，坚定地摇了摇头。娟子感觉到亮子强烈的爱意，把头靠在他的颈窝里。

时令进入深秋，海港唯一的那条宽阔大路上，法国梧桐飘下大片黄叶，好像德长老汉枯萎发黄的手掌。亮子和娟子依旧保持恋爱关系，并且向德长老汉公开了。德长老汉心里不愿意，却不阻止他们在自己眼皮底下公开活动，以便他密切地观察他们。独具慧眼的德长老汉越观察越坚信，亮子和他的外孙女之间存在着一条难以跨越的鸿沟。

一天，德长老汉请亮子去他的小屋喝酒。亮子推开门看见娟子也在，再看德长老汉的脸色，不由得吃了一惊。德长老汉的脸像一块铸铁疙瘩，黑沉沉的，没有表情。他指了指唯一的凳子让亮子坐，自己坐在床沿，叫外孙女斟酒。

亮子不知道德长老汉葫芦里卖的什么药，只好硬着头皮喝酒。酒过三巡，德长老汉开口了："按说呢，你和我外孙女的事是好事。我们能攀上你这种家境的人，能说不是好事？可是，就因为事情太好了，叫人信不过。我就说句倚老卖老的话，我什么样的世事没见过？那些好得叫人摸后脑勺的事儿，最后都没好果子吃。所以我反而相信那些不好不坏的事，比如娟子将来嫁人，如果能嫁给村里的民办老师，就不错。你们别不乐意听，这是实话！这样的事儿才让人看得透亮。"

亮子说："都什么年代了，还要干涉年轻人的爱情？"

德长老汉呵呵一笑："不是干涉，是摆道理。说句打嘴的话，你看上我们娟子是因为常年在船上，孤单了，寂寞了。货轮停歇的地方离城几十里，花花绿绿的东西轻易见不着，你看见一个十七八岁的小姑娘就觉得好了，等你真结了婚，还这样看吗？才不呢！你只会觉得这老婆拖累了你。就像你觉得我们娟子赶鹅的情景好看，可是你自己赶赶看。你要娶我们娟子，家境差这么大，你爸妈、你爷爷是不会答应的，那时候再悔不当初，岂不害了我们娟子吗？听我一句劝，你还是放了我们娟子，找一个门当户对的姑娘吧。"

听到这儿，亮子傻了。这个德长老汉，看人看得比谁都准，甚至看到了亮子的灵魂深处。一时间，亮子找不出话来回答德长老汉。身后传来一阵抽泣声，回头便看见娟子早已泪流满面，眼泪像断线的珠子从眼帘里接二连三地滚落下来。她"扑通"一声跪倒在德长老汉面前，一声声地叫着："姥爷，姥爷，我懂了，我懂了……"

亮子心里刀绞般痛，他一口喝干了杯中的残酒，一股不服输的劲儿让他不顾一切地拉起跪在身边的恋人，发狂般嚷道："我娶她！我娶她！我娶她……"说着把她紧紧地抱在胸口。

德长老汉诧异得瞪大眼睛，难道他看错了？有一瞬间，他对自己产生了怀疑。但是娟子在亮子的怀里激烈挣扎，她越是挣扎得厉害，亮子越是不放开她。最后娟子在亮子的肩膀上咬了一口，用力推开他，一头扎进门外茫茫的黑夜里去了。

亮子颓丧地跟了出来，脚脖子发软，已无力去追她。按理说，他应该送娟子回去，而不是让娟子一个人走那么远的夜路，毕竟天已经黑透了。这个虑事周详的德长老汉怎么没考虑快刀斩乱麻之后，他的外孙女如何回去的事呢？

也许自己的担心不过是杞人忧天，德长老汉既然放心他的外孙女独自离去，肯定不会有什么事。亮子一屁股蹲坐在看盐小屋前绵延起伏的沙堆上，双手抱着脑袋宽慰自己。

这一次亮子没有去送娟子，而不幸偏偏发生了。那天晚上，机匠大乘漫游在旷野，像一只守夜的猫头鹰捉住了娟了这只小鸟，把她拖进密密的松林里野蛮地强奸了她。

当警察上船带走大乘时，船员们都知道了这件事。怒火熊熊的亮子冲上去，扬手打了大乘一记耳光。他不能原谅这个曾经和他同船共事的衣冠禽兽，更不能原谅自己那天晚上让娟子一个人回去。他同样不能原谅的还有德长老汉。德长老汉啊德长老汉，你当初就不应该带娟子到船上来，你既然不放心船员，为什么又要让娟子来帮你重获船员的欢迎？

朔风一吹，天寒地冻。德长老汉有一段时间没有上船来，亮子也怕见到他，上岸经过看盐的小屋总是远远地绕道走。他不知道应该如何面对德长老汉，如何面对娟子。冬天来了，德长老汉似乎渐渐淡忘了外孙女的事，慢慢地恢复了上船来打开水的习惯。而亮子对他总是视而不见的样子。

初冬的第一场大雪过后，德长老汉戴着翻起一只耳朵的棉帽子，穿着胖头棉鞋，拎着两个空暖瓶向货轮走来，却不料舷梯被吊了起来，德长老汉意外地吃了闭门羹。他站在趸船上，仰面看着十来米高的货轮船壁，叹了口气，一声不吱地踅了回去。德长老汉一下子变得更老了，连耳朵后的皮肤也起了几道皱褶，两只水泡眼下金鱼一样的眼袋更加明显，眼神也愈发昏暗浑浊了。德长老汉突然可以用"老态龙钟"这个词来形容了。

亮子心里愤懑。他把舷梯吊上去，不过是一个恶作剧，带着稚气的任性，并没有永久拒绝德长老汉上船的意思。看着德长老汉的背影，想起他那些令人捧腹的段子，亮子的心又软和了。他想等下回吧，下回就不让他吃闭门羹了。

又一场大雪过后，德长老汉在看盐的小屋里睡觉，在睡梦中因为醉酒导致的脑溢血死去了。第二天早晨，站在天桥上值班的亮子先是听见德长老汉的那条黄狗汪汪汪地叫个不停，后来又看见白皑皑的江岸上，那个白蘑菇一样的小屋前围了一些人。黄狗在人们的腿间钻来钻去，人们围着小屋转来转去，却总不见主人德长老汉。亮子忽然觉得有什么事情发生了。再一想，好多天没有见到德长老汉上船来打开水了。

亮子拎了一暖瓶开水，从舷梯走下船去。离看盐的小屋还有一丈远，就听见人们议论，运盐车的司机听见狗叫，想进屋找德长老汉要碗水喝，发现他的被窝已经冰凉。老汉不知什么时候走的，他死得利索，倒没受罪。

亮子傻愣愣地站在雪地里，手里还拎着那一暖瓶开水。他的心里涌起一股酸楚的悲凉：德长老汉死了？死了！德长老汉要是没说那番话，自己跟娟子这会儿还在稀里糊涂的热恋中吧？那么就不会有后来的悲剧，不会有闭门羹了。

想到娟子，亮子的心一下子抽紧了。空旷的原野上白雪一片苍茫，娟子还不知道姥爷的死讯吧？

晴天里的雨

窄小的车库没有窗户，里面很黑。残酒和油彩的气味混合在一起，浓郁而沉闷，天燥热得不行。狼牙躁动不安地在屋里跑，不时跳起来撕咬床上的被子，催促魏仔起床。

魏仔睁开惺忪的双眼，看着狼牙躁动不安的样子，嘴角上挑：你这狗儿，知道我画了春天，所以想去外面看看春天的世界？他打开灯，屋里亮堂起来，昨晚尚未画完的那幅春天的画一下子使屋里有了生气。

狼牙竟然也盯着那幅画出神，屋子里静下来。魏仔表情平和，嘴角露出甜甜的笑容。画还没画完，画面祥和却缺乏生气，构图既像一个温暖的家，又像一个小区，小区休憩区的旁边，还隐隐约约有一株树，是广玉兰？家里有男人、狼牙，隐约还有……

咚咚咚，车库的铁门被敲响了，声音很轻。隔了一会儿，又敲两声。魏仔回过神来，狼牙冲着铁门汪汪地叫，他知道是谁来了。魏仔稳了稳神，上前把门打开。

外面一片光明，天光已经大亮，阳光刺得魏仔有些睁不开眼睛——是那女人。像往常一样，她淡淡地说，上午去收拾一下，说完就扭身走了。

狼牙从车库里跑出去，在春日的阳光里撒着欢儿。魏仔突然眼前一亮，小区休憩区的那株广玉兰已经含苞待放，报送着春天的气息了。

小区里人来人往，女人已经回到楼上，看到别的人影，魏仔的头又低下去，折回身，随手拿起角落里的大麻袋，准备上楼去收拾那些废旧的瓶瓶罐罐。

抬头，他又看到了自己那幅未完成的画，留白显得有些凄凉，现实中已春意盎然了，而画里没有一丝生机。魏仔的嘴角露出一丝苦笑。

出了门，魏仔想去推三轮摩托车，到了墙角，却看到锁三轮摩托车的铁锁链被掐断了，锁也被砸碎了扔在地上，三轮摩托车没了！魏仔的额头上沁出了冷汗，这是他赖以生活的工具呀，却被人偷了。他心里失落极了。正茫然着，陈保安带着两个人走了过来。小区里几户人家都遭了贼，小偷撬开老张家房门，偷了他一个包，里面有几千块钱，还有各种证件。老李家房门倒没被撬开，但贼用一根竹竿把他一条裤子拨了出来，裤子口袋里有一部刚买的手机。老张先喊起来："我们家遭贼了，房门被撬了！"他们将被偷的事报告给小区保安，陈保安却把他们带到了魏仔这里。陈保安直接说："老张和老李家被偷了。"魏仔问："偷了东西没有？"

老张说："偷了，我天天提的那个包不见了。"

魏仔说："里面有什么吗？"

老张说："有几千块钱，还有好多证件。"

老张话才说完，老李就接上："我裤子也不见了。"

老张问："裤子里有东西吗？"

老李说："有一部刚买的手机。"

"我的三轮摩托车也被偷了。"魏仔说完扭头望向陈保安，"那么大的车开出小区时你们没看到？那可是我谋生的工具呀！"魏仔的样子无辜而凄惨。

陈保安的脸色不太好看，顿了一会儿才说："赶快报警吧。"

老李说："报警有什么用。"

陈保安骂道："真是，这贼太可恶了，下次被我捉到，我打死他！"

女人在楼上等急了，从窗户上探出头来喊魏仔，几个人顺着声音一起抬头，魏仔背起麻袋说："我要去收废品了。"其他三人的目光有些异样，好像在说：你还敢和她来往？魏仔说："等我抓了贼，也帮你们讨公道。"说完就往女人的楼下走。走了几步，便听到陈保安在背后说："这家伙也知道被偷的滋味了。"听到这话，魏仔身子一抖，但最终没有回头，径直往女人的楼下走去，狼牙跟在他的身后。路过那株广玉兰，他又看到树下长椅上坐着的那个男人，戴着那副深不可测的墨镜，心里有些胆怯，但还是硬着头皮往前走……想到墨镜后那犀利的目光，他不由得低下头，叫了一声狼牙，逃一般越过了他非常喜欢的那株广玉兰。

女人把屋里的瓶瓶罐罐都收拾到门前了，大多是空啤酒瓶。女人低声问："刚才怎么啦？"

"遭贼了。"魏仔说。

"你也被偷了？"女人惊恐地问。

"我三轮摩托车被偷了。"魏仔低声说着，继续收拾废品。啤酒瓶不少，魏仔把袋子装满，往楼下背。狼牙跟着他，不离左右，画面温馨。女人远远地看着魏仔和狼牙，嘴角露出了羡慕的笑意。

魏仔再次上来时，女人看着狼牙称赞道："你这小狗挺漂亮啊，养多少年了？"

魏仔摇头："没，捡来不久。"

女人马上用手捂住嘴巴说："快走，带着狗走！"

魏仔心中刚生起的亲近之情消失殆尽。他抬头看看女人，冷冷地说："狼牙很干净，我每天都给它洗澡。"女人说："不是，我害怕狗，小时候被狗咬过。"魏仔的心又转暖，说："其实狗一般不咬人，狼牙很乖巧。"

"怎么不咬？你看，你看，这就是被狗咬的。"女人说着，扯起裤脚，把腿伸到魏仔的跟前。

魏仔一怔，他没想到女人会真的把腿伸过来。他有些心慌，不敢再去看女人的脸和别的地方。女人的脚踝和脚都很白，脚指甲还涂了颜色，整体上感觉很美，像一件艺术品，脚踝白净细腻，上面有一条细细的疤痕……魏仔仿佛听到自己的心"怦"的一声，他低下头去，心思不再在这里，而是在想自己的那幅画：再画上些什么，画面才会有生机呢？已经有了狼牙，也有了自己，再画上那株广玉兰，还有……他不愿想这个女人，思绪却老往女人身上飘。

魏仔租住的是女人的车库，车库没有窗，冬天冷，夏天热，但毕竟是他生活的港湾，只有在这车库里，仿佛才能找到真正的自己。他曾想在车库墙上开个窗户，女人不同意。

女人二十三四岁，一个人住着一套一百多平方米的房子，平时很少出门。有时，会有一个男人来，开着一辆挺高档的车，站在楼下打电话。然后，女人就会下楼来，坐上男人的车出去兜风。有时，男人会上楼住一宿，第二天再走。魏仔睡不着的时候就想那个男人和女人的关系，他们肯定不是夫妻，魏仔推测。

那个女人隔上一段日子就会把魏仔叫去，但从不让他进门，而是指着那堆酒瓶、易拉罐什么的，对他说："你拿去吧，卖了钱算你的。"

魏仔道谢后，朝房间里瞅了一眼。房间里家具不多，显得有些空落落的。那台电视机的尺寸却不小，跟放电影用的幕布似的，占据了差不多半堵墙，门口的鞋架上摆了足足二十多双颜色和款式各异的皮鞋。

"看什么看？快点收拾好走人！"女人一声呵斥，把魏仔吓得打了个哆嗦，他讪讪地笑笑，这才转身离开。女人给他的那些东西，每次都能卖几十块钱，他心里还是很感激那个女人的。

其实，魏仔并不希望女人积攒这么多废品再来叫他，如果有了就让他来拿，他会更高兴，那样和女人见面的机会就多了。

下楼时，魏仔的心情好了不少，不知为何，心里有迫切赶回家画画的冲动。下了楼，把瓶瓶罐罐都收拾好，他便急匆匆地往回走。

三轮摩托车被偷了，魏仔只好到旧货市场淘了一辆旧三轮车。心情舒畅的时候，魏仔就会想到那株广玉兰，那株让他痴迷的植物。回去时又看到了那株广玉兰，看到了树下的那条长椅，也看到了那戴墨镜的男人，他竟然还在那里坐着，竟然还在盯着自己。

"狼牙！"魏仔喊了一声，蹬着三轮车匆匆而过。那个男人让魏仔十分不自在，回到车库了，还如芒在背。他是干什么的，为什么戴着墨镜，为什么每次见我都盯着看？魏仔心里很纠结，但又不能去问，因为人家戴着墨镜，你说人家盯着你看就盯着你看了？即使把车库的门关上，魏仔也无法摆脱那种被盯着的感觉。

魏仔很敏感，有人多看他一眼，他就觉得不自在。如果有人每次见到他，都以审视的目光盯着他看，他就觉得问题有点严重了。这个时候，魏仔会把头上的遮阳帽往下一拉，遮住半张脸，然后猛蹬三轮车的脚踏板。

惆怅时，魏仔喜欢也只能和狼牙交流。

狼牙以前是一条脏不拉几的流浪狗，整天在垃圾堆里找吃的。有一次，魏仔把吃剩的半个包子扔给它，它吃完了，充满感激地看着魏仔，还摇了摇尾巴。狗摇尾巴是友好的表示。再见到小狗，它又对着魏仔摇尾巴。魏仔停下车，对小狗说："看来咱俩有缘，跟我走吧！"小狗像是听懂了魏仔的话，一蹦三尺高，果真跟在他的身后，回到了他的住处。魏仔对这条脏兮兮的流浪狗并不厌恶，他给小狗洗了个澡，才发现它其实很漂亮，毛是白色的，一双眼睛水汪汪的。魏仔拿来一面镜子让小狗照了照，小狗居然有点羞怯的样子。魏仔咧开嘴巴，嘿嘿笑着说，你又不是小姑娘，还不好意思呢。世间万物都有名字，魏仔说你就叫狼牙吧，他给可爱的小狗起了个强硬的名字。

魏仔和狼牙正在屋里呆坐着，咚咚，门被敲响了。魏仔跳起来，仿佛有什么灾难突然降临，身体莫名其妙地颤抖着。

咚咚！还在敲门，不开是不行了。竖耳听听，也没有什么杂乱的声音，狼牙冲着外面叫了几声。

"开门，开门！"是陈保安！魏仔松了口气，打开门。门外站着陈、武两个保安，一见魏仔就说："大白天的，关着门干啥呢？"

"没啥，在屋里解闷。"魏仔讨好地笑着。

"一个人不愁吃不愁穿的，有什么闷？"武保安在屋里警觉地瞅，像在寻找什么新大陆。可屋里除了废旧的瓶瓶罐罐再也找不出什么东西，两人极其扫兴地出门，出门前坏坏地笑着说："以后大白天没事别关门。最近小区里老有贼，摩托车没了，别再少了别的。"陈保安话里有话。

魏仔敷衍地笑。陈保安觉得那笑有些悚然，便问："你笑什么？"说完又走进屋里，因为他看到了魏仔那幅未画完的画。他走过来瞅了瞅，盯着魏仔问："哪儿来的？"

"随手画的。"魏仔说。

"你？"两人带着一脸疑惑离开了。

从监狱出来那一天，魏仔就发誓再也不偷了，任何诱惑和拉拢都动摇不了他的决心，因此他来到这陌生的地方，他害怕别人知道他的身份，也从未向别人提起过他的身份。可是，自从见到那个戴墨镜的男人，魏仔的日子就过得不舒服，甚至觉也睡不好。有一天夜里，他甚至梦见了那个戴墨镜的男人，醒来后出了一身冷汗。梦中那个男人穿着警服，拎着一副锃亮的手铐，正看着他笑。魏仔嘴里重复着："我洗手不干了，我是一个好人了，凭力气吃饭……"从睡梦中醒来，魏仔心有余悸，好像梦中发生的一切都是真的一样。他点上一根烟，抽了一口，紧张的心情才稍稍缓解了一些。

如果那个男人不是戴着墨镜，魏仔的心情也不至于如此惶惑不安。他戴着墨镜，这就让魏仔有些捉摸不透那镜片后面到底是一双怎样的眼睛。

狼牙却不怕那个戴墨镜的男人，有一次甚至对着他叫。魏仔低声呵斥道："回家！"回到家，狼牙围着魏仔转圈，尾巴摇来摇去。

魏仔对狼牙说："以后离那个家伙远一点，小心他把你宰了，煮了吃。"

狼牙似乎听懂了魏仔的话，从那以后不再去那个男人身边了。魏仔还是不放心，每次出门都带上狼牙。他喊一声收酒瓶，狼牙就"汪汪"地叫两声，好像也在帮他喊。魏仔高兴地对它说："狼牙，你要会说人话，我可就省力喽。"魏仔早出晚归，有时夜里睡不着，在床上翻来覆去，这时他索性点上一根烟，头靠着墙和狼牙说话。

天渐渐地暖了。那天春雨淅沥，魏仔想，广玉兰的花一定在雨中盛开了，他想象着花的美丽，很想把画画完，却不敢去看，生怕再次碰到那戴墨镜的男人。

魏仔听着外面淅沥的春雨，独自发着呆。车库的门砰砰响了两下，他问一声是谁，敲门的人没作声。他又躺下，敲门声再次响了两下，魏仔只好起身开门。

门外站着那个女人。魏仔有些惊奇，说："是你？去收拾酒瓶？"

女人答非所问："睡觉了？"

魏仔点点头。

女人说："一个人闲得无聊，出来走走。"

魏仔说："下雨天，睡觉天。"

女人听他这么说笑了笑："那你睡吧，我走走去。"

女人撑着一把花伞，穿了一件睡裙，脚上趿拉着一双拖鞋。女人的小腿很白，身子有点瘦小。她一个人走在雨里，让魏仔忽然想起了一首诗，那是戴望舒的《雨巷》。魏仔上中学时，读过这首诗，至今还能背诵。女人出去走了半个多小时，回来的时候，又路过魏仔的住处。魏仔正在吃饭，狼牙蹲在他身边，他吃什么，狼牙也吃什么。女人走过来问："你的小狗叫什么来着？"

魏仔说："狼牙。"

"为什么叫它狼牙？"

"随口叫的。"

"随口竟起了个这样的名字！"女人自言自语了一句，又叫了声"狼牙"。狼牙摇了摇尾巴。

魏仔说："狼牙这是对你表示友好呢。"

女人笑笑问："真的吗？"

魏仔说："狗是通人性的。"

女人说："我也应该买条小狗。"

魏仔说："是该买一条小狗，平时也有个伴。"

女人说："可我现在还是有点害怕狗。"

魏仔说："没事。你看狼牙就很听话，跟个孩子似的。"

女人点了点头，回家拿来火腿肠，还有几盒酸奶，说给狼牙吃。

魏仔说："给狼牙吃浪费了。"

女人说："再不吃就过期了。"

从那天开始，狼牙就和女人熟悉起来。晚上女人下楼去散步的次数明显多起来，只要她去散步，狼牙就会跟在她的身后撒欢。回来时，女人喜欢站在车库门口和魏仔说一会儿话。但女人从不谈她自己，倒是魏仔，喜欢说他小时候的一些事，但他对自己那段不光彩的经历也闭口不谈。

后来魏仔知道女人叫于艳丽，他是在女人打电话的时候无意中听到的。那个电话好像是她妈妈打来的，叫她回家一趟。

女人说："我工作忙，走不开。"

女人的妈妈说话的声音很大，魏仔隐约听见她妈妈说："再忙你也得回家看看。"

女人说："再说吧。"

魏仔想不明白，女人整天无所事事，怎么对自己的妈妈说很忙，走不开呢。

打完电话，女人的表情看上去很烦，还有些无奈。

魏仔问："你叫于艳丽？"

女人愣了一下说："你怎么知道的？"

魏仔笑了笑，没说话。

女人说："知道多了对你没好处。"

当魏仔的画初具模样时，广玉兰的花已经开始衰败了。他感觉很可惜，因为他很喜欢小区里这株广玉兰。他欣赏它，就像欣赏自己向往的女人。画上的女人已经能看出模样了，小巧玲珑的身材，秀气可人的面庞，狼牙悠闲幸福地游弋在男人和女人之间……魏仔也能感觉出自己画的美了。

美中也有遗憾，那就是没能正值鲜花盛开时认真细致地把那株广玉兰给画上去。他终于还是走出自己的屋子，来到小区的休憩区，来到广玉兰树下。花瓣已飘落在地上，他弯腰捡起几片花瓣，放在鼻子底下，花瓣还残留着淡淡的清香。真是可惜了，魏仔心里感叹。

捡着捡着，魏仔又看到了树下的那条长椅，长椅中间有一双三接头皮鞋。他心里猛一激灵，抬头又看到了那副墨镜，手中的花瓣散落一地。天！他还在盯着自己。魏仔连忙低下头绕路走开了。

回来后，魏仔头疼，就没出去收酒瓶。从早晨到下午，他什么也没吃。正在他昏昏欲睡的时候，车库的门被敲响了，咚咚咚，声音很大。于艳丽敲门不是这声音，她总是敲两下，停停，再敲两下。魏仔问了一声是谁，爬起来去开门，只见门口站着两个小区保安，他脸色霎时就白了，问："找我有事？"

陈保安说："有事，请跟我们走一趟。"

魏仔要走，狼牙却不同意，对着那两个保安叫起来。狼牙不像魏仔那样害怕那两个保安，它龇着牙，一改往日的温顺。

魏仔说："狼牙，不要叫。"

武保安一脸严肃，公事公办地说："有事，请跟我们走一趟。"

魏仔说："我感冒了，有事在这里说可以吧？"

陈保安说："啰唆什么！"

"好，我跟你们去。"魏仔意识到了问题的严重性。

狼牙也要跟着，魏仔说："在家好好待着，哪里也不要去。"

魏仔关上门，一眼就看见了那个戴着墨镜、坐在广玉兰树下长椅上的男人。男人一脸诡谲的笑容，甚至还对魏仔点了一下头。魏仔没多想，到了保安的办公室，才知道小区又有一户人家丢了东西。

魏仔说："住户丢了东西关我什么事。"

武保安说："不关你的事，我们只是叫你来了解一下情况。你在这里租房子住，所以才叫你来。"

魏仔说："你们怀疑我？"

武保安说："你是叫魏仔吧？"

魏仔点点头。

武保安说："这就对了。"

"你什么意思？"魏仔有点蒙，头疼得厉害。

陈保安说："魏仔！你不要以为我们不知道你的底细，你是有前科的。"

魏仔说："我没有。"

武保安说："没有？你出来还不到两年，别以为我们不知道。你昨天在小区里转了一圈吧？自从你来了，这小区里老丢东西。"

魏仔突然感觉自己浑身一点力气也没有了，他双腿一软，人就坐在了地上。他辩解道："我的摩托车也丢了呀。"

两个保安忍不住笑起来："魏仔，大东西不敢说，小东西你还不快点招了。"

魏仔无力地摇了摇头。

"你是敬酒不吃吃罚酒了？"陈保安说，"你要不招，那我们只好把你送派出所去，叫你吃不了兜着走。"

"你们叫我承认什么？我什么也没干。"魏仔说。

"你偷了一个拖把。"武保安说。

魏仔愣住了："一个拖把？"

陈保安说："那拖把不是一般的拖把，值钱得很。"

魏仔问："值多少钱？"

陈保安说："五百多。"

魏仔惊了："一个拖把能值那么多钱？"

武保安说："人家有钱，想买一千块钱一个的你也管不着。"

魏仔说："我没见什么拖把。"

陈保安说："有人看见了。"

魏仔问："谁？"

武保安说："这个不能告诉你，说了你报复人家怎么办？"

魏仔说："我又没见那个拖把，我偷什么？"

陈保安说："有人看见了，你还说自己没偷！"

魏仔说："我从来没见过什么拖把。"

武保安不耐烦了："少和他废话，我们打110吧。"

魏仔怕了："你们不要打，就当我误认为是废品拿去好了。"

陈保安说："你早这么说不就完事了。"

武保安说："拿不来拖把也没事，你交五百块钱吧。"

魏仔说："五百块钱，这不是讹人吗？"

陈保安说："谁讹你了！我们还被那家住户训了一通呢，差点把饭碗砸了。"

魏仔自认倒霉，为了不去派出所，只好掏了五百块钱。交过钱后，武保安还叮嘱他，以后不要随便拿住户的东西，这次幸好只是一个拖把，要是其他值钱的东西，真的会被警察带走。魏仔感觉这钱交得冤枉，他收酒瓶，又不收拖把，两个保安却硬说是他拿了那个价值不菲的拖把。但是他找不到证明自己清白的人，虽然心里窝火，也只能自认倒霉了。要是于艳丽在就好了，她是小区的住户，如果她出面说句公道话，或许就不用交那五百块钱了。

回到车库时，魏仔又见到了那个戴墨镜的男人，他正看着魏仔，脸上流露出深不可测的笑容。这个家伙在幸灾乐祸呢！难道是这家伙？昨天只有他知道自己去捡过花瓣。魏仔恶狠狠地瞪了他一眼。狼牙见魏仔回来，刚要撒欢，就被魏仔呵斥道："一边去！"狼牙知趣地蹲在地上，看着魏仔往床上一躺，不知道发生了什么事。魏仔心情沮丧，拉着一张脸说："狼牙，你要是能开口说话就好了，那样你可以证明我是清白的，那两个家伙也就不能栽赃给我了。"狼牙看着魏仔，看那表情，似乎要对他说点什么。魏仔说："狼牙，你为什么不会说话呢？"狼牙低吠了一声。魏仔说："你要会说话该多好啊！"

"以后我教你说话吧。"魏仔说完忍不住笑了一下。一条狗怎么会说话呢？魏仔自言自语着，眼皮一沉，人就睡着了。

等魏仔醒来，已是第二天早晨。魏仔感觉浑身无力，眼睛也有些睁不开。看来感冒还没好，魏仔熬了一锅姜汤，没喝多少便大汗淋漓。于艳丽敲门的时候，魏仔正在擦汗。看到他像刚从水里捞上来的样子，于艳丽吓了一跳，问道："你怎么了？"

魏仔说："感冒了，喝姜汤呢。"

于艳丽说："感冒了吃药，喝姜汤管用？"

魏仔说："出出汗就退烧了。"

于艳丽说："那你出汗吧，我带狼牙出去走走。"

魏仔点点头，又猛然问："你昨天干啥去了？"

于艳丽回头说："在家呀，怎么了？"

魏仔迟疑了一下说："你去吧。"

于艳丽走后，魏仔吃了一包方便面，接着又躺下了。是不是该向她说说两个保安讹自己的事……难道就受了这不白之冤？正想着，就见狼牙一路狂奔，蹿进门来。

魏仔说："跑什么跑！"狼牙叫了两声。

"叫什么？不知道我不舒服啊！"

狼牙又叫，魏仔才发现于艳丽没跟着来，就问："艳丽呢？她人呢？"

狼牙不叫了，咬着魏仔的裤腿角，拽了两下，拽着他往外走。出了小区的大门，魏仔看到于艳丽一瘸一拐地走过来。魏仔问："怎么了？"于艳丽说："崴脚了。"

魏仔想送她去医院，于艳丽拒绝了，她要回家。

于艳丽疼得出了一头汗，嘴巴发出嘶嘶的声音。

魏仔想搀于艳丽，又怕她不同意，就束手无策地站在那里。

于艳丽说："你背我回去啊。我都疼死了。"

魏仔说："我不能……这不太合适。"

"为什么？你怎么这么啰唆啊！"

"不是我啰唆，我是怕被别人看见了说闲话。"

"我都不怕，你怕什么？"

在后来的日子里，魏仔经常回想起背着于艳丽上楼的情景。对他来说，能够背于艳丽，是一件很幸福的事。他真想一直背着她，即使天天背着她上下楼心里也欢喜。那天于艳丽趴在他的后背上，嘴巴呼出的气息，让他的脖子有点发痒。到了家里，魏仔把于艳丽搁在沙发上，问："还疼吗？"

于艳丽说："好点了。"魏仔站在那里，没有走的意思。

于艳丽突然说："你站那里干吗，还不走？"

魏仔一愣，转身走出了屋门。狼牙不想走，跟在魏仔的后边，一边走一边回头，魏仔没好气地说："还不快走！"

魏仔有点烦，背了人家，最后却没落好儿。回到车库，他还在生气。

过了不久，于艳丽又出门散步，走到车库门口叫狼牙。狼牙听到叫它，就要出门。魏仔却说："给我回来！"狼牙左右为难，站在那里，回头去看魏仔。魏仔说："在家给我待着！"

于艳丽问："魏仔，和谁生气了，发这么大的火？"

魏仔说："和我自己。"

于艳丽笑了，说："和自己生气，我这还是第一次听说。"

魏仔点上一根烟，不再说什么。

于艳丽说，她知道魏仔是在生她的气。

魏仔不承认。

于艳丽说："既然你没生我的气，那我带狼牙出去走走。"

魏仔说："你的脚不疼了？"

于艳丽说："好了，不疼了。"

狼牙回来的时候，魏仔没见到于艳丽，于是问："你怎么自己回来了？"

狼牙摇了摇尾巴。

正疑惑着，魏仔看见一辆车开了过来，车停下后，他看见于艳丽下了车，之后钻出车门的是一个男人。魏仔知道，那个男人又来了。于艳丽被那个男人拥在怀里，两个人有说有笑地上楼去了。

那天晚上，魏仔躺在床上，翻来覆去怎么也睡不着。后来，他忍不住苦笑着对自己说："魏仔，你自作多情干什么？睡觉！睡觉！"

之后，再见到于艳丽，魏仔不像过去那样一脸微笑了，他的表情是冷淡的，甚至是冷漠的。于艳丽问他怎么了，是不是不舒服。魏仔不作声。

于艳丽说，他心里想的，自己都知道。"魏仔，可惜你是一个收酒瓶的。"

魏仔说："我收酒瓶怎么了？我觉得挺好。"

于艳丽说："我没说不好，只是觉得可惜。你年纪轻轻，不能收一辈子酒瓶吧？"

魏仔说："那我干什么？"

于艳丽说："你干什么，还要我对你说？"

于艳丽走后，魏仔躺在床上，却不想睡。"于艳丽！你说我收一辈子酒瓶，那你呢？你不能总是过这种不见天的日子吧。"其实，魏仔也不想收一辈子酒瓶，他自有他的想法。等有钱了，他想买一辆车，在这个城市跑出租。"到那时你于艳丽就不会再瞧不起我魏仔了吧？"魏仔笑了笑，对自己说："到时我也买一辆那种车。不！买一辆比那还要好的车。"

魏仔收酒瓶回来，正好碰到两个保安在小区里溜达。魏仔掏出烟来，递过去，两个保安接过烟，彼此看了一眼，这才点了火。陈保安看着狼牙，突然问："你知道这是一条什么狗吗？"魏仔懵懂地摇了摇头。

武保安很内行地说："这是一条约克夏犬，市场上一条能卖两千多呢！"

"约克夏犬？我咋不知道？"

陈保安看了武保安一眼，心照不宣地笑笑说："你的狗你不知道？"

武保安说："魏仔，这么名贵的狗不是你偷的吧？"

魏仔连忙摇头说："我捡的。"

陈保安说："你捡的？谁会把一条约克夏犬扔掉！除非狗主人脑子进水了。"

武保安说："肯定是你偷的！"

正在争执不下的时候，于艳丽突然出现了，她先叫了一声狼牙，又问魏仔怎么没去收酒瓶。

魏仔脸红脖子粗，没搭她的茬，还要和保安争辩。

陈保安低声说："魏仔！你不要以为那个女人给你撑腰，你就不是贼了。"

武保安嘿嘿地笑起来。

魏仔说："你们血口喷人。"

于艳丽走过来，看看两个保安，问魏仔怎么回事。

魏仔说："他们说狼牙是我偷的。"

于艳丽看一眼陈保安，又看一眼武保安，说："狼牙是我的，你们该干什么就干什么去。"

两个保安相视一笑，陈保安说："原来狼牙是你的。"

于艳丽说："上次你们冤枉魏仔，敲诈他的钱。这次又打什么鬼主意了？你们要是再想什么歪点子，小心我去告你们的状！"

陈保安说："哪会呢，我们和魏仔是哥们。"

武保安说："就是，不信你问问魏仔。"

于艳丽不再理睬他们，对狼牙说："狼牙！我们走。"

望着于艳丽的背影，两个保安突然诡秘地笑着问："魏仔，你说实话，你画上画的是不是这个女人？"魏仔一怔，没吱声，两个保安坏笑着走了。

回到车库，魏仔很高兴，喝了点酒，早早就睡了。蒙眬中，陈保安又来喊魏仔，那个贼，还真被捉到了。这天半夜，老张听到外面锁在响，便在黑暗里拿出手机，给老李和保安发了短信，说他家门口有响动，估计是贼在撬锁。老李和两个保安看到短信，悄悄出来了。果然是贼在撬门，老李和两个保安喊了一声捉贼，老张在里面早有准备，听到外面喊，立即蹿出来，四个人一起扭住贼。接着，叫出魏仔，他们五个人，一点也不怕贼了。抓到贼，魏仔也高兴，不知为什么，他第一个想到了于艳丽，并给她打了电话，说小区偷东西的贼被捉住了，让她下来看看。于艳丽没推脱，很快来到楼下。老张踢了贼几脚，保安则打了贼几拳。于艳丽说："别打他，打电话给派出所吧。"

老张说："有什么用，不如我们自己审，让他把偷我们的东西还回来。"

陈保安说："不错，我们先把他捆起来，慢慢审。"

老李拿来绳子，把贼捆在一根柱子上。老张指着魏仔说："前几天你偷了他的摩托车，快还回来。"

贼说："我没偷，我今天是第一次出来。"

陈保安踢了贼一脚，说："什么第一次，上次偷了他一个包，还回来。"

贼又说："我真的没偷，我真的是第一次来。"

老李打了贼一拳，说："还把我裤子偷了，里面有刚买的手机，你给我还回来。"

贼仍说：“我确实是第一次出来，没偷你们的东西。”

老张、老李这回更来气，一起说：“打，不打他不会说老实话。”

两人边骂边对贼拳打脚踢。看着贼被打的样子，魏仔没动手，只是呆呆地看着，不知心里是什么滋味。贼被打，呼天抢地地叫着，还是说：“我没偷你们的东西，我真的是第一次来这里。”

于艳丽听贼这么说，就问：“那你说说，为什么要来偷东西？”

贼说：“我跟一个老板打工，半年都没发工资，这几天我儿子病了，我身上一点钱都没有，就出来，想偷点钱给儿子看病。”

老张、老李没停手，只说：“还挺会编故事。”

于艳丽说：“你们停一下吧，我看这贼挺可怜的，说不定人家儿子真病了。”

贼说：“我真不骗你们，我儿子确实病了，发了几天烧。”

于艳丽说：“你身上没钱，你老婆呢，她也应该带孩子看病呀！”

贼说：“我老婆走了，她嫌我穷，跟了个有钱人跑了。”

贼这样说，几个人才停手。“你这样的人，老婆不跟人跑了才怪。”

贼说：“是我不好，我以后不偷了，你们放了我吧。”

于艳丽看着他们几个人，说：“这人挺可怜的，放了他吧，也许你们的东西真不是他偷的。”

贼说：“我发誓，我确实是第一次出来，哪知没经验，一出来就被你们抓了。”

于艳丽说：“放了他吧。”

几个人你看看我，我看看你，又看看魏仔，魏仔不吱声。再看于艳丽，她的眼角挂满了泪珠。于是老李给贼松了绑。

　　贼知道几个人要放他，就跪下来说："谢谢你们。"说完，又看着于艳丽说："谢谢大姐，我会记得你的好。"

　　于艳丽说："你走吧。"

　　贼站起来，转身要走，这时于艳丽喊住了他。

　　贼站住，不知道她要做什么。

　　于艳丽说："你这样走还是没钱给儿子看病，我给你两百块钱吧。"

　　于艳丽说着，转身进楼去了，那贼就在楼下等着。她很快就出来了，出来时手里拿着两百块钱，递给贼后说："你拿去吧，给孩子看病。"

　　贼又跪下来，说："你真是活菩萨呀，谢谢你！"

　　贼拜完转身要走。狼牙猛地蹦起来，蹿上去咬住了他的衣袖，贼很害怕，抽身躲避时，衣袖被狼牙撕下了半截。贼惊慌失措地跑了。魏仔想，撕就撕吧，总得给做贼的人留些记号，叫他长记性。

　　贼走了，魏仔从心底长舒了口气，他甚至有些感激贼，终于洗清了他的冤屈。他感激地去看于艳丽，没想到和她的眼神碰在了一起。于艳丽没吱声，目光里别有意味，这两百元不光是因为同情，也是为了感激贼澄清了魏仔的不白之冤和人们无端的猜忌。于艳丽独自上楼去了，望着她的背影，另外的人感到疑惑：她怎么来了？茫然时，扭头看魏仔，魏仔笑了笑，那笑有些挑衅和得意，他没吭声，带着狼牙转身回去。

从那以后，魏仔更努力，把钱攒起来，细心计算着，在于艳丽的鼓励下，买一辆车的日子越来越近了。

魏仔点上一根烟，对身边的狼牙说："狼牙，等我买了车，你也会跟着过上好日子的。"狼牙的嘴里发出"呜"的一声。魏仔又说："狼牙，想不到你出身名门，还蛮值钱的。"魏仔又点上一根烟，刚抽了一口，两个黑影走进来，二话不说，就对魏仔一顿拳打脚踢。狼牙被那阵势吓到了，只发出"呜呜"声，却不敢大声叫。

魏仔问："你们干吗打我？"

两个人不说话，呼哧呼哧地喘着，手脚却没停下。

魏仔喊道："我和你们无冤无仇，你们凭什么打我？"

两个人打了一阵子，收手的时候，一个说："以后离那个女人远一点！"

魏仔支支吾吾地问："哪个女人？"

"那个女人！你说哪个女人？"两个人扔下这话，消失在夜色里。

魏仔挣扎着爬起来，看着两个人钻进一辆车，开出小区大门。离那个女人远一点。那个女人是谁？魏仔头昏脑涨，不知道自己为什么被打。到了第二天，魏仔才蓦然醒悟，自己被打是因为于艳丽，他们是叫他离于艳丽远一点。他心说肯定是那个男人指使的，那是谁告诉那个男人他和于艳丽走得很近的？是那两个保安，还是那个戴墨镜的家伙？因为被打得鼻青脸肿，魏仔好几天没出门。其实主要是躲着于艳丽。

于艳丽被杀的那天，魏仔早早就醒来了，日子总还要过下去，心里虽然隐隐地痛，压在心底的怒火几乎要忍不住了，很想像当年那样彻底迸发出来，但他还是咬牙忍了下去。外面忽然乱了起来，有嘈嘈杂杂的脚步声，好像发生了什么事。魏仔打开门，狼牙蹿了出去。天飘起了细雨，人们焦急地朝着某一个方向跑，都来不及打伞。

魏仔的心猛地一惊，心里有了不祥的预感，他顺着人们跑的方向望过去，是于艳丽那栋楼的方向。这时魏仔听到旁边有人说，那个女人被杀了！死了，很惨。

魏仔的腿一软，在门前瘫坐下去。

一会儿警车在陈保安和武保安的带领下来到了现场。魏仔流着泪，站在楼下，等着现场的消息。人们议论纷纷，没一句好话，对于艳丽的来龙去脉做着各种各样的猜测。于艳丽死得很惨，是被活活勒死的，屋里有很重的反抗痕迹，可以看出生前曾挣扎过，是情杀还是凶杀尚不能确定。于艳丽的尸体被抬下来的时候，身边没有一个亲人，让魏仔意外的是那个男人没来。此时魏仔已泣不成声，蒙眬中看到，于艳丽被抬了下来，身上简单地盖着白布，一只手垂下来，苍白苍白的，随着抬尸体人的走动来回轻摆，手腕上的手镯也没了，看上去孤独冷寂。

魏仔跟着于艳丽的尸体走了几步，周围的人都用异样的目光望着他，就连那些警察也感到意外，用怀疑的目光望着他，两个保安也变得贼眉鼠眼的，眼珠儿不怀好意地盯着魏仔打转儿。

警车走了。魏仔哭着往回走，看见那个戴墨镜的男人正对着自己笑。那是一种幸灾乐祸的笑，这让魏仔有些生气，他恶狠狠地瞪了那男人一眼，但那男人还在笑，魏仔有些愤怒。他朝那个男人走过去，这次他决定把那个男人的墨镜摘下来，看看镜片后面到底是一双什么样的眼睛，他还要问问那个男人，为什么总是盯着自己看。魏仔一步步走近，他以为那个男人会收住笑，谁知他还是那样，一脸难以捉摸的笑容。魏仔被激怒了，他歇斯底里地问："你到底在笑什么？你为什么总是盯着我？"

那个男人不笑了，说："你说什么？你叫魏仔是吧？"

魏仔说："是又怎么样？"

那个男人说："那女的到底死了。那样的女人是是非窝子，怎么会有好下场？这不就死了……"同时脸上露出鄙夷的神色。

魏仔再也忍不住了，他一个箭步冲上去伸手去摘那个男人的墨镜，那个男人预感到什么，却坐在那里一动不动。魏仔伸出左手，卡在了男人的脖子上。那个男人开始挣扎、反抗，但他哪是魏仔的对手，魏仔摘下他的墨镜，突然大叫一声。戴墨镜的男人竟然是个盲人，"你一个盲人，怎么知道她是什么样的人？你也侮辱她？"男人不再回答他，而是大喊救命。魏仔猛然双手一松瘫坐下来。

陈保安来了，一见魏仔发怒的样子，也惊慌失措。他连忙掏出手机，打电话报了警。在等待警察到来的时间里，魏仔一直重复着："我不知道他是个盲人，我不知道，真的不知道……"

武保安也过来了，问发生了什么事。陈保安说："魏仔这小子疯了，要二进宫了。或许这次进去，就出不来了，说不定我们还能帮公安破大案呢！"

陈保安又说："这个魏仔，癞蛤蟆也想吃天鹅肉，也不撒泡尿照照自己，色胆包天。"

武保安说："上次真该多讹他点钱，五百块有点少了。那个于艳丽肯定会给他钱的，你说呢？"

魏仔瘫坐在地上，看着一辆警车开过来。警车停下后，四个警察下了车走过来，其中一个问："谁？"陈保安指指魏仔，说："就是他！"

另一个警察掏出手铐，动作麻利，把魏仔铐上了。魏仔前言不搭后语地说着："我不知道他是个盲人，我不知道……"魏仔几乎是被两个警察拖上车的，他的两条腿拖在地上，有一只鞋都被拖掉了。上车后，魏仔突然叫道："狼牙！我的狼牙！"

一个警察问："狼牙是谁？"魏仔说："狼牙是一条狗。"

魏仔想扭头去看，警察伸手一挡，就在这时候，狼牙出现了，一路狂奔，朝警车这边跑过来，到了警车前，叫了两声。武保安抬起一条腿，要去踢狼牙。狼牙灵敏地躲开了，然后出其不意，咬了武保安一口。武保安大叫一声，对准狼牙的肚子狠狠踹了一脚。狼牙一声惨叫，被踹出三米多远。

"这小畜生还咬人呢！"武保安说，"你们看看。"他撸起裤管，叫警察看。他的小腿被狼牙咬得鲜血淋淋。他龇牙咧嘴，又朝狼牙走过去。狼牙躺在地上，刚才被踹的那一脚实在太重，它半天没缓过气来。武保安像突然想起来什么似的，恐惧地说："要是一条疯狗，我可就惨了。"魏仔喊了一声"狼牙快走"，但狼牙爬起来后没跑，它看着警车，嘴巴张了张。

"本来也要传讯你的，关于于艳丽被杀的案子，这样就省事了。"在做笔录时警察说。

因为打架的事，魏仔被拘留了七天，拘留期间，因为于艳丽的案子，魏仔被传讯了两次，警察问得很仔细，甚至和于艳丽见了几次面都要知道。第二次辨认证物时，魏仔的眼睛突然被刺伤了一般，他问："那块衣服上的布是谁的？"

"清理现场时于艳丽攥在手里的。"警察说。

"我知道谁杀了于艳丽！我知道谁杀了于艳丽！"魏仔大喊道。那布条的颜色深深地刺痛了他，狼牙从那贼身上撕下的布条就扔在车库的旁边。

案子很快就破了，杀死于艳丽的就是那个贼。使大家惊奇的是那贼被抓时还穿着那件被扯掉半截袖子的衬衣。贼交代得很清楚，在拿走钱的几天后他又来了，不过不是来感谢她，而是把刀架在于艳丽的脖子上逼她交出所有的钱财，钱被抢走了，那贼还活活勒死了她。警察问贼为什么杀死于艳丽，那年轻的贼很后悔，他哭着说："她那样的女人，凭什么那么有钱？再说，她那么善良，没想到反抗得那么激烈……"

是那个男人派人把魏仔接出来的，并且正好是那天无端来打魏仔的人。魏仔提供的情报帮助警察破了案，抓住了凶手，使那个男人摆脱了嫌疑。接魏仔的人说："领导给你安排了工作，以后不用那么窝囊地活着了，不过也有条件，以后不能再回那个小区住了，住处也给你另安排了。"

魏仔茫然地说："那我回去收拾一下东西吧。""有什么好收拾的？还有值钱的？"接他的人满脸不屑。"有东西要拿。"魏仔叹口气说。"回去少说话！"接他的人说。魏仔点点头。回到小区，保安已换成新人，那两个保安一并被上面打发走了，据说也是那个男人特意交代的。路过小广场，戴墨镜的人还坐在那里，他心里隐隐地痛，想过去道个歉，却鼓不起勇气。风吹过来，地上的花瓣随风飘远，广玉兰花衰败得太快了。猛然，魏仔听见狼牙在叫："魏仔！"

魏仔张大嘴巴，瞪大眼睛，他不相信狼牙能叫自己名字，但他分明听见狼牙在远处哀怨地叫："魏仔！魏仔！"

魏仔回过头来，狼牙正向他跑来，蒙眬中，在狼牙的身后，魏仔仿佛看到自己回来取的那幅未画完的画，犹如一朵败落的广玉兰花在风中飘飘摇摇……

蓦然回首的春天

牧阳第一次见到邻春是在栈桥，她正和弯月并肩站在垂柳树下背对着蓝天碧海拍合影。夕阳斜照在她们带着微笑的脸上，泛着淡金色的光泽。容朔左腿前蹲，右腿后撤，眼睛紧紧贴在镜头后面的观察孔上。

弯月看到牧阳，把手举到脸颊旁，挥了挥。容朔回头见到他，说："快来，我给你们拍张照。"牧阳说："我先给你们拍吧！"说着走过去，接过容朔沉甸甸的相机。

容朔指着弯月旁边的女孩说："认识一下，这是邻春，广州回来的记者，咱们岛城人。"牧阳冲邻春点了点头说："美女，你好！"然后自我介绍，"我叫牧阳，阳光的阳，不是牛羊的羊。"邻春"扑哧"一笑，眼神灵动，顾盼生辉，她调侃道："我倒觉得牛羊的羊好！"一股清凉气息溜入鼻腔，牧阳嗅出了淡淡的薄荷糖味道。

邻春说不上漂亮，但身材不错，皮肤很白，一头淡黄色的直发，额前剪着齐刘海。她穿着绿色横条纹 T 恤衫，白色牛仔裤。T 恤衫领口缀着一朵蝴蝶结样的花，显得时尚而迷人。岛城的春天乍暖还寒，穿这么单薄，受得了这海风？牧阳学着容朔的样子拍照，他悄悄拉近镜头，透过观察孔偷看被放大的邻春，猜想邻春会不会觉得冷。

容朔下午打电话，说从广州来了一个美女记者，要一块儿去南姜吃海鲜，让牧阳过去认识认识。这种情形，一般都是外地来了客人，容朔接连招待几天，招架不住了，喊牧阳过去救急，其实就是埋单。容朔业余时间喜欢摄影，开办了一家广告设计公司。弯月是他公司唯一的女职员，平日形影不离。

从栈桥到南姜很远，还好一直走海边，路顺。南姜海畔有很多圆形小木屋，簇拥在水边，由几根木柱支撑着，顶棚搭着就地取材的蒿草。远远看去，像久远年代遗存的茅屋，现在变成了天然海鲜餐馆的包厢。城市里的人，酒店菜品吃腻了，都会驱车来此吃顿天然海鲜，就算请客，到这种地方也不会感到失身份。

吃饭时容朔从车上拿下来一瓶高度白酒，是岛城生产的最好的白酒。因为开着车，容朔和弯月喝自带的果汁，一会儿品一口，跟喝咖啡似的。容朔对牧阳说："你把邻春陪好，美女记者是海量。"牧阳笑了笑，有点不以为意。大家用同样大小的高脚玻璃杯喝酒，一杯大约可以盛二两半。容朔给邻春倒白酒时，她正在和弯月小声地说笑，只用余光扫了一眼，任凭容朔将酒倒至似溢非溢的程度。牧阳心里一震。

大家边吃饭，边聊天，谈论海边哪儿最美。容朔说："八大关的树和海最美，我每年都要专门去拍几次。"牧阳摇摇头说："海边还是南姜好，天然的，没有任何修饰，美无处不在！"弯月撇着嘴说："你俩别太酸好不？"邻春咯咯地笑，没有了开始时的矜持。牧阳喝酒很慢，保持一定的节奏，邻春则无节奏可循，刚开始喝一大口，之后她一直和弯月说话，声音很小，很私密的样子。牧阳快喝完的时候，容朔举起果汁，以果汁代酒，催促道："我们干了吧！"邻春眉头一挑，恍然发觉自己的酒还剩许多，冲他们笑了一下，端起酒杯一口气全喝了下去。容朔连连鼓掌叫好，他的手由于抬得过猛，碰倒了桌上的杯子，杯子掉在地上，幸好是泥地，并没有摔碎。但他的滑稽之态，惹得邻春和弯月一阵大笑。邻春的牙齿整齐而洁白，在灯光下闪耀着迷人的光彩。

牧阳喝酒上脸，不知不觉已经面红耳赤。一轮圆月升起，倒映在南姜的海中。牧阳走到海边，捧起海水洗脸，海水清凉，扑在脸上，他感觉到一种洗不掉的油腻和黏滑，心想不能再喝了。

邻春一直和弯月说笑，并且时不时一起看一眼牧阳，似乎在讨论牧阳猪肝一般的脸色。容朔举着酒瓶说："还剩下一点，一口气喝完吧！"牧阳捂住自己的酒杯，喘着粗气说："我，我是真不能喝了，再喝就出洋相了！"容朔笑着说："在美女面前可不能说不行，干了！"牧阳死死压住酒杯，不停地摇头。或许是真要醉了，他摇头的频率很慢，像电影里的慢动作。邻春此时笑眯眯地说："我替你喝吧！"说完站起来接过酒瓶，将剩下的酒干脆地倒进自己的杯子里，举杯和容朔的杯子碰了一下，一仰头喝了下去。她的脖颈很白，仰起头时，锁骨凸现，性感而迷人。

放下酒杯，邻春轻轻地坐下，她仍然面不改色，仿佛刚才喝的是纯净水。邻春从旁边的椅子上拿过自己的手包，在里面翻了一下，掏出一个彩色的圆柱体。她剥开圆柱体的包装纸，从顶端掰下一个环形的东西，说："你们谁吃薄荷糖？酒味太重了，吃颗糖。"她把糖含进嘴里，看了眼夜空，笑着说："我知道南姜海岸什么最美了，是月亮。"

第二天中午，容朔给牧阳打电话，说和弯月、邻春说好了，下午去崂山吃樱桃，晚上住在崂山，问牧阳去不去。牧阳连声说："去，去，怎能不去！"容朔说："太远了，我开车觉得累，让黑子开他的车，他管行，我管吃，你就管住吧！"牧阳说："没问题。"

黑子是搞书法的，也略懂篆刻，是牧阳来岛城经商后认识的老乡，是他们共同的朋友。

那天，邻春把头发绾了起来，戴着一副白色太阳镜，看上去时尚而前卫。黑子开着一辆破车，牧阳坐在副驾驶位，容朔、弯月和邻春坐在后排。牧阳说："我最近在研究《易经》，学会了看手相。"容朔很快明白他的意思，把手伸过来说："是吗，给我看看。"牧阳看了看，煞有介事地说："生命线、爱情线都不错，财富线差点儿，整体还行吧！"邻春和弯月立刻尖叫起来："真的假的啊？"邻春也把手伸过来："快，给我也看看。"邻春皮肤很白，手腕处淡紫色的血管像细小的蚯蚓，微微透明。触到邻春的手，牧阳的心咚咚直跳："生命线、财富线和爱情线都不错，很完美啊！"邻春眉头一蹙："真的吗？有没有看错啊，我可没感觉到。"牧阳想了想，茅塞顿开的样子："噢，搞错了，男左女右，得看右手才行。"容朔和弯月哈哈大笑起来，邻春拍了一下牧阳的头："你搞什么呀，真懂还是假懂啊？"牧阳重新审视了一下邻春右手的掌纹，说："这回看明白了，生命线特别长，财富线也不错，就是爱情线差点儿！"由于戴着太阳镜，牧阳看不清她的表情。邻春沉默了一会儿，说："就是嘛，难怪都没人追我，还真灵哎！"容朔说："灵什么呀，我看不见得。"弯月说："就是，你爱情线不好？喜欢你的人多了，远在天边，近在眼前，我看到处都是。"邻春的脸微微涨红，不再说话，却使劲掐了一下弯月的胳膊。

到达目的地时，天已经黑了，车子停在路口，容朔打了一个电话，让对方出来接应，却被告知上山的路被雨水冲坏了，因此摘不了樱桃。大家不免有点失落，但邻春仍然情绪高涨，一副没心没肺的样子。她就是出来玩的，原本也没打算吃什么樱桃。众人只好掉头，春天是崂山里樱桃正好的季节，路边的樱桃树树冠茂盛，上面缀满了红彤彤的樱桃，煞是喜人。"我们为什么非要去山里，在这儿吃不行吗？"众人大悟：是呀，为什么非去山里！给樱桃园主人塞上一百元钱，可以到樱桃园里随便吃，但带走得重新花钱，这是当地的规矩。五人进了樱桃园，很自然地分了组，牧阳始终陪着邻春。此时邻春露出天真的一面，她在樱桃园里又蹦又跳，对着大树尖叫。她摘到一串有特色的樱桃，跑到牧阳面前说："你看这樱桃好不好？""好。"牧阳说着，从她手中拿过来，装出要吃的样子。邻春笑道："你这人……这是人家摘的。"牧阳也笑，手到嘴边猛一转，把樱桃塞进邻春嘴里。邻春一愣，接着脸一红……樱桃园旁边有一条小河，几个人在河边大排档吃过饭，就近去了一家不错的酒店。其实这里离市里并不远，但他们就愿意在这里住，不想回去。在前台登记时，牧阳悄悄地对黑子说："我开三个房间，等会儿容朔和弯月住一间，我和你住一间，进房间后立即把门锁上，不要给我进去的机会，等我敲门时你再开门。"黑子说："明白。"

开好房间，牧阳把钥匙牌分别给容朔和黑子一个，自己拿一个。果然，在他还在找房间号的时候，黑子已"嘭"地关上了门。容朔和弯月也消失在自己的房间门口。走廊里只剩下牧阳和邻春，牧阳的心怦怦直跳，开房间门的时候，手有点颤抖。邻春似乎并未意识到危机，走进房间，她把挎包往床上一扔，感叹道："真累啊！现在几点了？"牧阳掏出手机看了看，说："十一点半了。"邻春说："嗯，我得洗个澡，你去睡觉吧。"牧阳走到门口，朝走廊看了一眼，回头说："黑子把门关死了，我回不去了。"邻春的眼睛立刻瞪大了："那怎么办？"牧阳厚着脸皮说："我在你的沙发上躺一下吧，凑合就行。"邻春连连摇头："那可不行，明天他们还以为咱俩有什么事儿呢！"牧阳吸了吸鼻子："你闻，好像有什么味道。"邻春也吸了吸鼻子："没有啊，霉味吧，在酒店里很正常。"牧阳摇了摇头，蹲下身去摆弄墙角的热水器，说："这玩意儿可能坏了，晚上你渴了怎么办？你先去洗澡吧，我把这东西修好就走。"

邻春瞪了一眼牧阳，想了一下，无奈地轻轻叹口气："好吧，你赶快弄好，我先去洗澡了。"邻春走进卫生间，不一会儿，响起了哗哗的流水声。牧阳放下热水器，躺到沙发上，心怦怦地跳。

牧阳大学毕业以后，在快餐店打过工，卖过保健品，跑过保险，现在自己经营家小瓷砖店，间或写点文章，酸溜溜地抒点儿情。虽然赚了点钱，但是现在车子、房子都没有。他在浮山后租了一套六十平方米的小房子，每月要交租金，生活困难。生活像个连环套，一个套子把他套住了，其他套子就蜂拥而上，把他套在一个死结里。白天，他穿着白衬衣、蓝西服，衣冠楚楚，就算在公交车上，也是个小老板。下班回到出租屋内，立刻小心地脱下一身行头，妥帖地挂在衣架上，胡乱套上一身家居服。说是家居服，其实是他几年前的一套牛仔服，很久没有洗了，懒得洗，也不值得洗，腿面、胳膊肘都磨得明晃晃的，像油腻的抹布。有一次他顾不得换衣服，急匆匆下楼去菜市场买菜，被菜贩子当成贼一把抓住。

　　两周后的一天下午，牧阳洗了个澡，仔细地刮了脸，又换了件清爽的白衬衣，身姿潇洒地去火车站接邻春。中午他收到邻春的短信，说是下午五点半到岛城。

　　邻春拉着个皮箱，从人流里走出来，仍然穿着白色的牛仔裤，上衣换成了黑白相间的横条纹 T 恤衫，脖子上戴着一条由晶莹剔透的小珠子串成的项链。牧阳紧走几步迎上去，邻春蹙着眉，手软软地撒开皮箱拉杆。牧阳接过皮箱，问："怎么啦？"邻春柔弱地说："我有点发烧，可能是感冒了。"牧阳心里一紧："厉害吗？我们到市立医院看看。"他们在车站广场拦了辆出租车，邻春坐上车，斜着倒在后座上，蔫蔫的。牧阳紧张地看着她，邻春却轻轻一笑，说："找个你熟悉的诊所就行了，只是感冒而已。"

在浮山后的小区医院，邻春软绵绵地瘫在病床上。她上半截身子靠着枕头，腿却耷拉在地上，像只因受伤而不能动弹的小动物。牧阳想把她往上移动一下，邻春摆了摆手，制止了他。医生量了量邻春的体温，给她输上液。牧阳搬个小凳子坐在邻春旁边，摸了摸她的额头，说："还有点烧，多久了？"邻春说："一坐上火车，就感觉有点发烧了。"牧阳看着她的T恤衫，问："你为什么喜欢穿横条纹的衣服啊？上次也是。"邻春微微一笑："我身材好啊，胖人想穿横条纹的，还穿不出去呢！"牧阳嘿嘿一笑，取笑说："你穿的是斑马衫，不清楚的，还以为你是尤文图斯球迷呢！"邻春脸色微嗔，一副气恼的样子，她拍了一下牧阳的脑袋，然后指着自己的皮箱说："给我找颗薄荷糖吃。"

牧阳打开箱子，里面有一台笔记本电脑、一沓杂志社的刊物，还有化妆包、衣服之类。他剥开一颗环形薄荷糖，邻春温顺地含住了。牧阳说："你的牙齿真漂亮！"邻春听了，忽然来了情绪似的，抑制不住地哈哈大笑，引得病房里其他病人侧目而视。牧阳问："怎么了？"邻春把她的牙龇了一下说："假的，烤瓷的！"见牧阳狐疑的样子，接着说，"两颗门牙，牙缝从里面黑了，就换成了烤瓷的。当时换得差，两千多一颗，现在挺后悔的。"牧阳皱着眉头说："两千多一颗还差啊！"邻春白了他一眼："我一个同事，换的是进口材料的烤瓷牙，八千多一颗，真是要多漂亮有多漂亮，真正的明眸皓齿！"说着，叹了口气："可惜我眼睛近视，戴隐形眼镜，不能再戴美瞳了。"牧阳说："不需要啦，你的眼睛很漂亮啊！"邻春轻轻一笑："知道你是骗人的，可我还是很爱听。"

牧阳拿出一本杂志翻了翻，里面都是爱情、婚恋方面的故事。"这里面有你的文章吗？"邻春淡淡地说："每期都有一两篇，多的时候一期四篇。"牧阳浏览了一下杂志的目录，只在一侧的发稿编辑栏里看到了邻春的名字，作者名字里并没有她。牧阳迟疑地问："这期没有吧？"邻春看都没看杂志，撇了一下嘴说："你傻啊，我是编辑，自然用化名发稿子，码字是为了钱，又不是图名。"牧阳嘿嘿地笑了，捏了捏邻春的下巴："你好厉害啊，不过，稿费估计也都被你折腾光了吧！"邻春嘴角往上一翘："你说对了，这个月赚了一万块，买了一副墨镜、一双鞋子，只剩一千多块钱度日了，好在还有两张稿费单没到。"牧阳说："有点奢侈吧！"邻春哼了一声："我同事都背好几万元的包。还有一个 90 后女孩，男朋友是老板，送了她一辆车，轮胎很宽，停在杂志社门口，好酷啊！"说话时，牧阳看到邻春的眼睛变得很明亮，一副心驰神往的样子。

从医院出来，已是晚上八点多钟，没有询问邻春的意见，牧阳带着她直接去旁边的快捷酒店。

进了房间，牧阳问："你想吃什么？我去买。"

"我想想。"邻春坐在床上，歪着脑袋，绞尽脑汁的样子。"我想喝登州路的啤酒，吃南姜纯正的烤鱿鱼，还有肉筋，再来份万和春排骨米饭，还有劈柴院的珍珠奶茶，要木瓜味的。"

牧阳有点头疼，这几样东西很简单，但是商铺相距很远，连在一起形成一个大大的三角形，如果和快捷酒店连起来的话，又成了一个平行四边形。邻春像一个大手笔的规划师，随手一个圈，就把岛城的核心区域圈在了里面。

走出酒店，天下起了小雨，还刮着凉风，感觉有点阴冷。牧阳在路边等了很久，一辆辆出租车开过来，但没有一辆是空的。这几样小玩意儿，简直和《红楼梦》中的茄鲞差不多了。他规划了一下线路，打车先去劈柴院，买奶茶的时间短，可以让车在路边等着，然后去万和春，最后去南姜，既节约时间，也能最大限度地保持烤鱿鱼的热辣味道。

等回到酒店房间，邻春正裹着浴巾坐在写字台前，在笔记本电脑上写稿子。牧阳站在她背后看了看，发现邻春打字的指法非常熟练。她的背挺得很直，全身心投入的样子，很难想象她刚才还在发烧。屏幕上的字像火车一样微微颤动着往前行进，偶尔阻滞一下，也如同火车在小站的短暂停留，迅速恢复了它的速度。牧阳说："你好厉害啊！"邻春并不言语，仍然噼里啪啦，比外面的雨点更急促、更有力。

过了一会儿，邻春说了声好了，重重地敲击键盘，保存好文件。转过脸来，她像一下子从梦境回到现实世界，挺拔的背立刻软了下来，变得柔弱可人。看到牧阳买回来的东西，她尖叫了一声，夸张地说："牧阳，你好棒啊！都是我爱吃的。"

邻春各样尝几口，并未吃多少，似乎胃口很差，一会儿又蹙着眉说："我想吃米酒汤圆，哪儿有啊？"

牧阳简直有点愠怒了，但想到酒店旁边的胡同里就有卖的，只有几十米远，便忍住了，咬着牙淡定地说："我知道有家米酒汤圆做得好，我去买。"不待邻春说话，他就走出了房门。

汤圆买回来时，邻春正躺在床上看电视，她一下子跳起来，站在床沿把汤圆接过去，放在床头柜上，笑眯眯地看着牧阳，嗲声嗲气地说："牧阳，认识你真好啊！"

邻春只吃了两个，就把外卖盒一推，噘着嘴说："不吃了，剩下的你吃完吧。"牧阳说："我刚吃过了。"邻春眉头一皱："不行，你必须吃！"牧阳只好端过来，其实他不太喜欢吃甜食。见牧阳吃了，邻春又变得眉开眼笑。

"我想吃糖了……"邻春把头靠在牧阳胸前，低声说。

牧阳下床从皮箱里找出糖来，剥开喂了她一颗，说："怎么这么喜欢薄荷糖呢？"邻春说："喜欢就是喜欢，不需要理由吧！"

牧阳搂着邻春的脖子，两个人像蛇一样缠在一起。牧阳感觉她的身体凉凉的，冰肌玉骨，就像薄荷糖一样。

秋天的时候，牧阳去了广州一趟。其实是去佛山参加陶瓷展销订货会，牧阳没敢说，怕邻春伤心。

邻春两个月没有来岛城，一直说在码字儿，仿佛她是一个建筑师，汉字就是她手中的砖头，码、码、码，一座房子就成了。牧阳说："悠着点儿啊，熬夜可是要长眼袋的。"邻春说："接了个网上连载的活儿，一天都不能歇，快被榨干了，你来看我吧！"

广州的天气比岛城要热许多，找到邻春供职的杂志社，虽已是傍晚时分，但牧阳仍然一个劲儿地冒汗。离开岛城时他外套里还穿着薄毛衣，此刻显得怪异而累赘。毛衣有点旧了，胸前起了许多毛茸茸的小球。牧阳想了想，脱下毛衣，将它塞进路边墨绿色的垃圾箱。垃圾箱整洁漂亮，牧阳觉得有点像邮筒，不过把毛衣塞进去，是不可能邮回岛城的。

　　牧阳给邻春发了条短信："已到楼下。"邻春很快回复："马上下去。"牧阳站在门前的一棵榕树下等了十多分钟，不见邻春出来。他看见门口停着一辆白色的车，单门，明光锃亮，闪耀着傲人的光泽。这大概就是邻春的同事——那个90后女孩的座驾。不远处的另一棵榕树下，有一条固定在路面上的休闲长椅，铁艺的椅架，木制的椅面，椅子上坐着一个女孩。如果是在岛城，这样的椅子牧阳是不会去坐的，他比较知趣，但在广州就顾不得许多了。他走过去坐在椅子的另一头，谨慎地与女孩保持着距离。牧阳感觉到女孩侧目瞟了他一眼，但他装作没看见，把背对着女孩，眼睛盯着杂志社的门口。女孩站起来走了。过了一会儿，来了一对情侣，低声说着话，坐到了牧阳旁边。男的贴在女的耳边说一句什么，女的就笑着掐男的一下。如果在岛城遇到这样的情况，牧阳会立即起身离开。一条长椅只坐一对情侣，这似乎是一种约定俗成的规矩。但牧阳较上劲了，毫不在意自己的多余。

　　等了半个多小时，牧阳靠在椅背上，昏昏沉沉快要睡着了，忽然听见有人喊："牧阳！"他睁开眼睛，看到邻春站在面前，旁边还有一个肥胖的中年男子，留着长长的头发、浓密的胡子。邻春的头发变了，原来的黄色直发变成了黑色卷发，额前留了几绺，仍然染成黄色，增添了几分俏丽。邻春说："走吧，我们去吃饭。"她声音清脆，表情坦荡。牧阳看了看他们，有心跟长发男子握个手，但那男子离他更远一点，似乎并没有握手的意思。邻春说完转身就走，没有介绍二人认识。她和长发男子走在前面，边走边说着什么，牧阳就跟在后面，有点悻悻的。街两边浓荫蔽日，掩映着水果店、烟酒店和一些小吃店。牧阳觉得有点无趣，索性放慢步子，故意落在后面。他想让自己显得突兀一些，其实这也让邻春和长发男子跟他一样突兀。牧阳左顾右盼，一副百无聊赖的样子。邻春和长发男子似乎并未发现牧阳离他俩越来越远，过了一会儿，拉开足有一百多米的时候，他俩忽然站住了，一齐回头看着牧阳，等待着他慢慢跟上来。牧阳仍然压着步子，慢腾腾地走着，快要接近他们的时候，他俩又转回身子，继续边说边走，仿佛牧阳是一条跟在他俩身后的狗，只要在他们目光所及的范围之内就行了。牧阳闷闷的，甚至有点想转身离开。但一抬头，他俩又在回头看着他。

　　拐过几条街道，他们走进一家餐馆。餐馆位于一个菜市场门口，装修一般，就餐的人很多，嘈杂而无序。邻春从女服务员手里接过菜单，用手在上面点了几下，口里说："这个，这个，还有这个，好了。"女服务员站在旁边用圆珠笔快速地记着，牧阳本来想要瓶啤酒，但看长发男子和邻春都没有喝酒的意思，只好作罢。吃饭时，长发男子和邻春仍然说个不停——谁谁写的是假稿，杂志社打电话核实时，找个托糊弄过去了；谁谁最近稿子发得多，赚了十多万；谁谁把某杂志承包了，发行搞得火……牧阳一声不吭，快吃完的时候，去趟卫生间，拐到吧台埋了单。

　　回到桌上，邻春看了一眼牧阳，问："你去埋单了吗？"牧阳点点头。长发男子有些吃惊的样子，问："一共多少钱？"牧阳觉得他问得很没意思，便说："一百多块。"长发男子不依不饶，接着问："一百多少？"邻春也看着他，似乎等待着他的回答。牧阳只好说："一百二。"长发男子立刻放下筷子，掏出自己的钱包翻起来，他连翻了几个夹层，最后掏出一张五十元的钞票放在桌上。牧阳有点不知所以，邻春却表情淡然，也低头翻自己的挎包，掏出一张十元的，递给长发男子，长发男子一声不吭地接过去，塞进钱包里。

从餐馆出来，长发男子与邻春和牧阳分开，自己沿着街道离开了。

邻春带着牧阳，顺着菜市场往里走，她指着菜市场深处说："我住在最里面。"牧阳问："你们掏钱、找钱的，搞什么？"邻春说："AA制啊，我们同事在外面吃饭全 AA 制。"牧阳"哦"了一声："你们好见外啊！"邻春一笑，说："还有比这更厉害的，有时实在找不开了，差一元钱，但也会记着下次给你。"牧阳摇了摇头，忽然觉得轻松许多："他是你们同事啊？"邻春吃惊道："你连他都不知道啊！"然后拍了一下自己的脑门，"哦，忘了告诉你，他就是大名鼎鼎的圣手书生，著名的网络写手，我们编辑部的主任。"

菜市场的角落有一幢破旧的住宅楼，楼道黑乎乎的，两人像瞎子一样摸上去。邻春按开灯，牧阳一下子惊呆了。这是一套一居室，除了厨房和卫生间，只剩一个房间，既是卧室，也是餐厅和客厅，活脱脱一个大垃圾场。门前是一堆鞋子，甚至还有冬季的靴子，不知从哪年冬天就丢弃在地上。一张小餐桌，上面乱七八糟地放着零食、一摞打印稿件，还有散落着的数不清的口红。一张双人床，靠里面半边横七竖八地堆着各类时尚杂志，很多都翻开着，像一只只张着翅膀的翻毛鸡。床对面的地上是堆积如山的衣服，夹杂着一些包装箱、食品袋。床头柜上放着一个没有盖子的大饼干盒，里面盛着各色装饰物件，全是精品店里的零碎儿。床对面有一个古旧的衣柜，柜子顶上放着一台老式电视机。牧阳站在房间中央，说："我的天啊，你怎么这么邋遢啊！"邻春嘿嘿笑了一下。牧阳二话不说，开始帮邻春清理房间。桌上的口红，牧阳数了一下，竟然有十多支。牧阳问："你买这么多口红干吗？"邻春正在翻那个衣柜，头也不回地说："一个同事整天拿着一支名牌口红在我眼前晃悠，张口闭口炫耀，我一下子去买了一盒，十六支，花了八千多，她从此就闭嘴了！"牧阳摇摇头，算你狠！

牧阳抖开那堆衣服，发现靠墙壁立着一个大相框，拿起来一看，是邻春笑容灿烂地抱着一只黄色的小熊维尼。相框背面有几个龙飞凤舞的字：我和我儿子。牧阳笑得直不起腰。邻春见了，挤了挤眼睛，很神气的样子。衣服的最下面，有一大塑料桶白酒，五斤左右，是超市里常见的廉价白酒。牧阳惊叹不已："这是你喝的酒吗？"邻春从柜子里找出一条裙子，放身前比画了一下，她看了看牧阳，点头说："是啊，是我喝的。"牧阳说："你干吗不喝啤酒？喝这么多白酒，也太夸张了吧！"邻春淡然地说："喝啤酒长肚子。"她的理由，让牧阳无话可说。

牧阳忙活了足足两个小时，邻春的房子由原来的乌七八糟变得井然有序。邻春洗了澡，裹着浴巾靠在床上，笑呵呵地看着牧阳。清理完了，牧阳也去洗了个澡，回到床前时，邻春正翻身找什么东西，一会儿她找出一袋煎豆，用牙齿咬开口子，倒在嘴里咀嚼。牧阳困乏至极，倒头想睡。

邻春摇摇他："哎，你说我哪儿最漂亮？"牧阳含糊地说："鼻子吧！"邻春尖叫起来："哇，你真是牛人啊，厉害！"牧阳说："这算哪门子牛啊。"邻春戳了一下他的脑门说："假的，我的鼻子是垫过的，不然能有这么挺吗？"牧阳摇了摇头问："你身上有什么是真的？"邻春仍然笑着，似乎开心极了，笑罢，忽然认真地说："跟你说件事儿。"牧阳"嗯"了一声。邻春边嚼煎豆边说："一个是年轻的法官，但穷得很，跟我一样穷，另一个是离婚的中年人，带个孩子，但很有钱。该选哪个？"牧阳快睡着了，轻轻哼了一声。邻春猛地捶了他一下，厉声说："你快说。"牧阳睁开眼睛，清醒过来，想了想说："法官吧。"邻春鄙视道："没有钱，怎么过啊！"那神情，好像牧阳就是那个法官。牧阳说："那就中年人吧。"邻春立刻眉开眼笑："就是嘛，你不知道，中年人，尤其是离过婚的中年人最懂得体贴人了。"话音刚落，邻春的手机响了起来。她从床上跳起来，清了清嗓子："嗯……嗯……现在呀……翡翠明珠？好，那等会儿见。"牧阳瞪大了眼睛，睡意全无。挂了电话，邻春恨恨地骂道："这个秦大嘴巴！"牧阳问："发生了什么事儿？"邻春愤愤不平地说："我们主任在外面唱歌，打电话让我过去玩，还不是要我陪他喝酒。"牧阳一下子觉得胸口有点疼，他说："你就说已经睡下了不行吗？"邻春并不说话，她扔下手机，开始急急地穿衣服。她的动作非常快，像军营里训练有素的女兵。她把裙子、凉鞋都穿好以后，一手提起挎包一手抓起手机，头也不回地说："你先睡，别等我。"不待牧阳说话，就"嘭"的一声关上了门。

也不知过了多久，牧阳觉得似乎有一只猫朝自己胸前拱来，同时闻到一股浓重的酒气。他知道是邻春回来了。她抱着牧阳，嘴里呜咽着，手在他的后背上摩挲，像在表达歉意，又像在喃喃自语。

冬天来了，第一场大雪纷纷扬扬地飘落下来。岛城是著名的宜居城市，如果说冬天的岛城也有尘埃的话，那就是满天的飞雪。

容朔给牧阳打电话，说："你见到邻春了吧！"牧阳很吃惊："没有啊，她来了吗？"容朔在电话那边说："她没告诉你啊，弯月见到她了，那女人真厉害，买了一辆车，自己从广州开回来了。"牧阳"哦"了一声，心里五味杂陈。

不联系就不联系吧，一辆车，让牧阳觉得邻春的生活步入了真正的快车道，离他越来越远了。

邻春还是给牧阳打来了电话，约他到云霄路的咖啡店见面。

一脚踏进咖啡店，牧阳立刻感受到迎面而来的热气。他左右扫了一眼，邻春正坐在一个靠窗户的位置，微笑着冲他招手。桌上有一壶咖啡，热气氤氲。

见到牧阳，邻春微微一笑，从包里掏出一个信封，递了过去。

牧阳皱着眉头问："什么？钱吗？"

邻春"扑哧"一声笑了："你还是这副鬼样子。"继而脸色一正，"我这次回来是办去澳大利亚的护照，这里面是资料，我等不及了，你帮我办理好，再快递给我。"

牧阳问："去澳大利亚？旅游吗？"

"算是吧。"邻春变得比以前矜持了许多。"先去看看，移民也说不定。"

"哦。"两个多月不见，牧阳觉得邻春是那么陌生，一时失语。

窗外的雪花漫天飞扬，坐在咖啡店里，看着街上匆忙的行人，更衬托出店内的温暖。两个人静静地喝着咖啡，不知说什么好，只听见咖啡杯轻轻撞击碟子的声响。

两人像陷入了梦境之中。

"就这样吧，我还有点事，要先走了。"邻春率先从梦境中醒来，她站起来，走出几步，又转过脸来，粲然一笑，"拜托你了，单已经埋了。"

牧阳怅然地坐在座位上，咖啡店里的钢琴师正在弹奏一首欢快悠扬的曲子，牧阳却觉得有一种莫名的伤感。忽然，他看到邻春的座位上遗留下一样东西。他起身捡了起来，是一卷薄荷糖。是的，隔着包装纸，他也知道是那种环形的薄荷糖。他撕开糖纸，将十多颗糖全部塞进嘴里，一股浓烈的清凉味道瞬间刺激得他直想流泪。

雪就要停了，蓦然回首，一个崭新的春天又要来了！

野蛮生长

　　志贤跟着小舅从镇卫生院出来，思绪有些乱。太阳高高地在头顶上悬着，抬头一望，双眼刺痛，志贤急忙把目光收回来，低下头，眼前竟出现了那女医生漂亮的面容。怎么回事？志贤揉了揉眼，女医生的面容消失了，小舅在前面推着电动车来回摆动着的屁股在眼前出现。"怎么啦？快走啊。"小舅在前面喊。"好。"志贤定了定神，急忙跟上去。

　　志贤从岛城的学校转到了皂里中学，为了这事，志贤的妈妈费尽了心思，只为他能在老家考上重点高中，将来再考一个说得过去的大学。其实，小舅对姐姐的做法不以为然，他撇嘴说："用得着这样吗？上什么大学不行？将来还能没有饭吃？"妈妈一听，双眼马上瞪得杏仁一般："不许胡说！我把孩子交给你，给我看好了，这也算是你对我和你姐夫的报答，不能让他和你一样。"这话无端给小舅和志贤增加了压力。不知为何，回来后，志贤的身体莫名地陷入低烧状态。小舅带他去镇卫生院看了几回，对症的化验都做了一遍，除了白细胞稍稍增加外，查不出别的毛病。"没事，晚上早点睡觉。"女大夫拍拍他的肩膀，摘下白口罩。从镇卫生院出来，小舅带他去了镇上的水果市场，小舅在混杂着腐臭味的水果摊前流连，志贤却找不出一样爱吃的水果。"真不好办！"小舅用皂里方言嘀咕着。他以为志贤听不懂，因为志贤很少回来，也从来不说皂里方言。志贤不喜欢这个季节流行的水果，现在岛城有的水果这里基本上都能看到，都是些死贵的外来水果、南方水果，菠萝和榴莲上的刺让他浑身发痒，味道让他恶心。志贤怀疑自己的低烧是这些臭烘烘的水果引起的。"你到底要吃什么？"小舅问得有些不耐烦，脸色难看得像变质的苹果。志贤摇摇头。几辆拉水果的小车过来了，铁轮子摩擦着地面，刺耳的声音惹得志贤太阳穴上的青筋又暴突起来。小舅撇下志贤，走到一个摊贩前，称了一袋苹果、几个火龙果。志贤远远地跟在后面，扫视着两边，心里隐隐约约渴望的水果，这里连个影子都没有，这叫他有些失望。"你将就着吃吧，苹果还不行？熬过一个月，等你回了岛城，想吃什么就吃什么。"

小舅把水果搁在电动车的踏板处。志贤低着头，发现自己的影子和小舅极其相像，两人在阳光下行走，像一对狼虾在你前我后地追。太阳很烈，小舅不光影子瘦，脸也瘦，此刻瘦脸肯定冒着绛红的油。小舅是油性皮肤，志贤也是，在岛城，每次志贤抓虱一样搯脸上的青春痘，妈妈总是嘀咕，好的不随坏的随，好像志贤的青春痘是遗传小舅的。妈妈虽然是小舅的亲姐姐，但看不起小舅，当然不只是因为他满脸的青春痘。十多年前，小舅追随志贤的爸爸到岛城打工，小舅跳蚤似的换了十来份工作，最后因为打架被拘留，被爸爸送回了皂里。"你弟就是没定心。"

野蛮生长 《《 113

姥姥撩着围裙角哀叹着对妈妈说，"但你就这么一个弟弟，也不能不管他。"那时，姥姥还操持家务。村里像小舅这样的年轻人潮水般去岛城打工，大多三五年后挣了钱回来，顺顺利利盖房子、讨媳妇；只有小舅两手空空，欠下的赌债还是妈妈硬要爸爸帮着还清的。姥姥嘴里骂着小舅，心里甚是不服，一直觉得儿子该比闺女、女婿有出息，因为小舅的聪明在皂里是小有名气的。这点，妈妈也毫不怀疑，她一直认为小舅是个怪胎，从小就怪。皂里的老房子，横七竖八的电线都是小舅拉的，那些藤条椅子都是小舅编的，就连志贤小时候穿的毛衣，有好几件也是小舅躲在房里织的……小舅的一事无成，彻底遮蔽了他的聪慧。没定心，聪明有什么用？妈妈老是拿小舅做反面教材来敲打志贤。那时，志贤还在岛城读书。妈妈的絮叨像紧箍咒，让他时常恨不得揪住自己的头发，逃离这个家。可回到皂里后，志贤才发现，自己当初真是身在福中不知福。小舅的另类生活，导致他生活质量下降，小舅对他还有一个要求，那就是让他拼命读书，或许这真是小舅对志贤父母的报答。

小舅让志贤自己走回家，他要去新房子看装修的情况。小舅的新房子位于镇上的住房改造区，是志贤的爸妈为了完成姥姥的遗愿，出了大半的钱帮小舅买下来的。当年，小舅回到皂里后，与邻村的姑娘结了婚。小舅母生下表妹一年后，就与小舅离了婚。表妹被小舅母带走了，小舅又变成了光棍儿。姥姥被小舅这么一折腾，彻底垮掉了。临终前，姥姥当着志贤妈妈的面拉着爸爸的手，托付着小舅的事："我就这么一个儿子，只能托付给你这个当姐夫的。"志贤爸爸含泪答应了。"她到死都这么袒护儿子……"妈妈嘀咕着。几年前，爸爸出钱帮小舅买新房，妈妈气得牙床发痒。她将此归咎于姥姥。姥姥只疼爱儿子，不知道女儿也不容易，但家里的财政大权由爸爸掌控着，妈妈闹死闹活也没法阻止。"我是为了你弟弟。"爸爸对妈妈的做法很不理解。"是我弟弟！可这什么时候是个头儿。"妈妈无奈地说。

志贤拎着两样水果慢吞吞地走进村子。在皂里，五月份的太阳已有些毒辣，晒在皮肤上，针刺般难受。火龙果被蒙在塑料袋里，湿漉漉的，那种奇怪的气味不可抑制地冲进他的鼻孔，闻着有点反胃。志贤突然有些讨厌小舅，明明知道他不喜欢吃热带水果，偏要买这么多。志贤也连带着讨厌妈妈，为了该死的中考，狠心把他送回来。志贤真怀疑，妈妈把自己丢给小舅，是不是只是为了求得心理平衡？小舅能监督他学习？志贤像一只苟延残喘的狗，终于爬到老屋门口。他放下水果，掏出钥匙，跟那把讨厌的锁较劲半天，门才被打开。阳光像从头顶浇落下来的热水，志贤连连打战，弄不清是因为炎热还是寒冷。

小舅回到家，已经快十点了。听到院子里电动车的声音，志贤赶紧翻开英语习题卷，装模作样在上面涂画。之前，志贤在手机上看到有人在直播写《寒食帖》。那老者长须飘飘，眉眼有点像齐白石，颇有仙风道骨。从定位来看，老者就在岛城东门口一带，那时志贤常常路过那里，却从来没撞见过。唉，天天撞见的只有自己的老娘。每晚九点半，她雷打不动跟志贤视频聊天，说来说去，就是要志贤抓紧时间复习，努力努力再努力，千万不要像小舅一样懒懒散散，一事无成。妈妈菱形的脸在手机里显得越发扁平，但她脸上的五官此起彼伏。"你想玩，考试结束后有的是时间。"她盯着志贤的眼睛说。志贤别过头看墙上的字——心若游云，那幅字是小舅十年前写的。听说，小舅在岛城痴迷书法，曾跟着一位乡野书法家学习。那些龙飞凤舞的草书，像夏日盛长的茅草在狂风中摇摆，颇有苏轼的风范，又蛮像张旭的风格。墙上这幅字的内容肯定是小舅自己拟的，因为很少看到别人挂这样的词，不过这些年来已经很少看见小舅写字了。

"眼睛看着我，我在跟你说话，听见没有……"视频里，妈妈很不耐烦。志贤慢吞吞地转过头来，看见妈妈愠怒的侧脸，她正在跟旁边的爸爸抱怨志贤的不懂事、没记性。等她抱怨完，回过头来看到视频里的志贤，似乎吓了一跳。她调整好表情，乏味地重复了一遍刚才的话："反正，你以后有的是时间……"志贤鸡啄米般点头，然后退出视频。这样的话，志贤已整整听了九年。九年来，妈妈像一个欠志贤很多债的生意人，每年承诺还款，却一次都没兑现过。暑假开始后，志贤几乎天天骑着自行车头顶烈日，在各个培训班奔波。当岛城电视台关注户外工人的艰辛时，志贤暗暗诅咒暑假没完没了的补习课。这该死的补习课剥夺了他练习书法、二胡和篮球的时间。

小舅没在屋里，手机还在手里，志贤又忍不住去看直播，还是那个老者在讲《寒食帖》。志贤和其他孩子有些不一样，他反复读过《寒食帖》，喜欢苏轼的书法，更喜欢苏轼，见到关于苏轼的东西就喜欢。

"还发烧吗？"小舅走进志贤房间。他刚洗完澡，湿漉漉的头发往后梳理，额上的抬头纹暴露了他的年龄。志贤摸了一下自己的额头，摇摇头。小舅木讷地眨了眨眼，转过身。他原先消瘦的骨骼，不知什么时候铺上了一层发糕似的肉，以至于浅灰色的三角短裤看上去有点紧绷。他站在门口，探头看到了志贤在看的直播，脸色一下子就变了。"你别看那些江湖骗子胡说八道，练书法根本不是那个路子，临帖临帖，就那么临，死路一条，只能学习其形状，永远领会不了其神韵。好好读书吧，将来领悟了，自然就懂得了。"志贤抬头望着小舅，很佩服小舅对书法的见解，不过他感觉小舅不该小题大做，也不至于说这么严厉的话，毕竟小舅还是喜欢书法的。当年小舅在岛城时，打工之余去东门口学习书法，找的就是这长须飘飘的老者，后来小舅是因为和这老者打架被拘留的，从看守所出来，爸爸不得不把小舅送回老家。没想到，小舅到现在还不忘旧恨，始终对这老者耿耿于怀！

志贤把手机设置为静音，小舅剥着门框上斑驳的漆皮道："我不是不让你练书法，只是不能跟这些所谓的书法家练，多读书吧，等有了学问，才会真正领会到书法的含义。"说到这儿，小舅话锋一转，"明天你能帮我去监工吗？到时有几个人要来装台盆。"志贤说可以。"你去看着就好，不用动手，也可以把书带去，耽误不了你复习，我明天……"志贤"哦"了几声，心里窃喜——到底为自己的偷懒找了个好借口。志贤快速整理好摊在桌上的资料，起身跳到床上。

其实小舅真的不反对志贤学书法，他自己也喜欢书法，曾经不止一次对志贤说："现在有些人对书法的理解是畸形的，很不正常，那些所谓的书法家动不动就说书法艺术，其实那是沽名钓誉、招摇撞骗，要临帖就规规矩矩打好基础，多读书，多学习，将来有了深厚的文化功底，书法自然就好了。古人说，帖不如信，信不如稿。真正的书法作品是稿，像大家都喜欢的《寒食帖》，就是原诗原稿，当时苏轼落魄，在落雨的清明，触景生情，一挥而就，字迹虽歪歪扭扭，但把所有的悲伤、落寞、凄凉表现到了极致；再就是《祭侄文稿》，开始悲痛的状态导致书写木直，但书写的内容又导致悲痛的爆发，字体为之一变，直到结尾，书写结束，但悲痛没有结束……《丧乱贴》《快雪时晴帖》等千古名作，都是手稿。就现在人的状态，能写好书法？抄别人的东西能创造出什么伟大的艺术？所以现在多数搞书法的只是在忽悠着赚钱。稿子写不好，就不会有书法！所以现在好好读书吧！"

志贤震惊万分，别看小舅整日吊儿郎当的，但对有些问题的见解与他的外表极不匹配，他对书法的理解非常独特，怪不得他从来不抄别人的东西，哪怕是唐诗宋词，要写就自己拟词作句。他在骨子里认为要写出好字，首先必须有深厚的文化修养，那些表面的书写不过是照猫画虎。小舅出去后，志贤取消了手机的静音模式，微信群欢叫起来。岛城志荣中学初三（4）班的群里，一个个头像闪现。他们就像在河底憋了大半天的闷鱼儿，蹿出水面吐气。志贤发了一个表情后，那群鱼儿纷纷来问候，志贤却用一串省略号回应他们。志贤知道无论哪种表达方式都难以言说心底的空虚。

楼下，似有音乐声传来，志贤猜想是小舅在摆弄家里的那架旧凤凰琴。推开窗户，果然见一个身影侧坐在窄小的院子里。檐头上，眉月如叶，小舅赤裸的上身白晃晃的，跟地上的黑影子一起在风中抖动。"他从小就是个怪胎……"妈妈在爸爸资助小舅买房后，这样骂自己的弟弟。她说她从很小就知道他是个怪胎，这弟弟总以为自己是天才，当年学鬼画符样的书法，还像个疯子在月光下舞剑弹琴……半夜三更，别人都睡下了，他弹那架凤凰琴，野猫叫春样难听，像哭丧的音调……妈妈咒骂的哭丧琴应该就是这架破旧的凤凰琴。

"春天的花开秋天的风，以及冬天的落阳，忧郁的青春年少的我，曾经无知地这么想……"这首节奏感极强的曲子时常在小舅指尖下的凤凰琴上流淌，志贤心里有些佩服小舅，因为他在学习乐器时曾经尝试过，这首曲子能用凤凰琴弹好很不容易。其实，志贤很想告诉小舅，要是配上他的二胡，估计效果会更好，因为用二胡拉好这首曲子曾是他引以为豪的事之一。但是志贤没有说，也不好意思说，因为他的二胡早就被妈妈扔到阁楼，蒙上灰尘。此刻，他只能在朦胧的月光下，倾听略带忧伤的曲调夜雾般弥散开来。

皂里镇的住房改造区集中在镇西北角的开发区，五年前还是一片荒弃的地，有一片大大的芦苇滩和广阔的沙场。那年底，妈妈和爸爸带他回老家，曾来这里放风筝。小舅带着刚满一周岁的表妹也过来一起玩。那时，小舅和他小舅子合伙开了一家棋牌室，整天忙着给人递烟倒茶。本来还是赚了点钱的，后来听说得罪了人，就关掉了。不出一个月，小舅母带着表妹离小舅而去。当然，这是爸爸替小舅辩白的说法，作为男人他能理解小舅——

虽然生活能力不行，但绝对是有才的人。到了妈妈嘴里，则是小舅开了棋牌室，好比老鼠掉进米缸里，自己成了牌桌上的主角，再加上迷上了围棋，整日捧着棋谱和棋子，把生意耽误了，赔了很多钱，小舅母带着表妹一气之下远走他乡。妈妈的说法似乎更接近真相。反正，棋牌室倒闭后小舅就落魄得不成样子。此后，志贤极少回皂里，再也没见过表妹和小舅母。现在这片土地上竖起了很多单元楼，真让志贤有种沧海桑田的感觉。在小区三单元四楼，有一套房子归于小舅名下。

小舅把志贤送到小区，就急匆匆地回家去了，因为小舅说他今天有非常重要的事。志贤直奔三单元四楼402室。打开门，里面空荡荡的，散发着木头混杂油漆的气味。天花板和墙壁刷得雪白，水泥地上沾满了石灰和木屑。角落里堆着硬纸板包装箱，里面的瓷砖呈多米诺骨牌样倒着。正是装修紧要的时候，小舅还敢撒手？

一个男孩捏着泥刀从里间走出来。他个子矮小，眼睫毛倒很长，若不是嘴唇上面的小胡髭，志贤都要怀疑他是童工。志贤告诉他："我是德平的外甥。"男孩努努嘴，抱起一摞瓷砖走向隔壁的卫生间。志贤忙跟过去，发现卫生间已经贴好墙砖，现在正铺地砖。

志贤又到别的房间转了转，发现这里除了这小泥水匠，没有其他人。志贤有些失望，大老远跑过来就监督这小泥水匠干活儿。"前几天还有几个伙计，今天四单元的一套房装修，他们都到那边去了。"小泥水匠向志贤解释道。小泥水匠把手里的地砖跟已经铺好的一块对齐，盖在水泥砂浆上，用锤子轻轻地敲紧实。敲完后，又取下地砖。水泥砂浆上留下地砖背面的花纹，有些小空洞，鱼嘴似的吐着气泡。志贤虽然不懂，但不得不说，看样子，这小泥水匠做得很顺手。

志贤靠着门框默默背英语单词。小泥水匠用泥刀沾了点水泥砂浆把空洞填补满，又盖上地砖用力敲实。志贤的脑子里蹦出"砖"的单词，却怎么也想不起它的正确拼法。在所有科目里，英语是志贤学得最差的。在岛城读书那会儿，教英语的老师三天两头罚志贤抄单词，害得志贤看见汉堡包上的字母就想吐。"你们学不好英语，就甭想上高中；考不上高中就只能读职高；读了职高，就只能……"每每看到英语老师在讲台上唾沫横飞地"传教"，志贤就动摇了在岛城参加中考的决心。回老家皂里考，上重点高中分数比岛城低一些。妈妈不知从哪里打听到这个消息，并且得到了英语老师的印证。志贤怀疑事情的真相是英语老师想尽快摆脱他这个低分考生。事实上，志贤自己也发现就他这样的成绩，即使在岛城勉强考上普通高中，后面的三年也将受尽煎熬，还不如回到老家皂里去……

志贤盯着一个个单词，脑子里像有很多柳丝在飘忽，飘忽了一会儿变成了二胡的丝弦。《赛马》里的一句高音，志贤老是拉不出味道来，以前也琢磨过多次，此刻又莫名跳入脑中。那小泥水匠贴好了几块地砖，站起身用袖子擦鼻子。他的鼻翼上沾了几点泥浆。"你能不能到别的房间里去？"志贤警觉地问为什么。他从口袋里掏出手机说他想听歌，怕影响志贤背单词。志贤说没事，你尽管听。他"噢"了一声，开始播放音乐。顿时，狭小的空间里，闷热的空气流动起来。"心里的花，我想要带你回家，在那深夜酒吧，哪管它是真是假……"音乐在淡湖蓝色的墙砖上跳跃。那小泥水匠忍不住挥着细长的胳膊舞起来，动作怪异，甚是滑稽。

志贤忍不住问他年纪，他说他是 90 后，1992 年出生。志贤耸耸肩，他确实比这小泥水匠小。志贤又问他是不是没读完初中就出来干活儿了，他说他没考上高中，不想读职高，就跟着他哥出来干活儿了。他用刀划开地砖，在墙角比画着。志贤盯着他灵活的手指，猜想他的手指几年前是否也因握笔磨出老茧来。见他很熟练地摆弄泥刀，又觉得自己的想法挺可笑。

几首曲子后，他中断了播放。志贤知道劣质手机播放几首歌就会发烫。沉默弥散开来。

小泥水匠突然站起身，志贤以为他要跟自己说话。谁知他做了一个让志贤吃惊的动作，他从裤兜里掏出一包烟，抽出一支。"不介意我抽一根吧？"他捏着烟问。志贤摇摇头。他又掏出打火机，啪啪按着。火苗蹿了上来，志贤的心莫名地咚咚剧跳。他老练地从鼻孔里吐出烟，却不妨碍手上的活儿。志贤瞥见他眉头的一条悬针纹，随着嘴的嚅动，轻轻动着。

送台盆的人一直没有来。志贤打电话向小舅报告这事，小舅在手机那头大骂。志贤猜想小舅说的重要的事情一定不太顺利。小舅现在的生活内容有三部分，精神生活是围棋和凤凰琴，经济生活是溴素厂的保管员和股票，日常生活是装修房子和照顾志贤，三部分缺一不可。从刚才电话里的语气推测，应该是经济受损，晚上弹凤凰琴时一定会弹《二泉映月》。最近，小舅把当保管员仅有的工资都投入了股海。这事，志贤不敢让妈妈知道。

"我来不及接你，你自己回来。"小舅的声音怪怪的，喉咙里像卡了一块骨头。志贤按掉手机，胡乱翻着英语书，想到回去还有一大堆作业等着，不由得头晕脑热，好像低烧又来了。

"我跟你干泥水活儿怎么样？"志贤问那小泥水匠，他没有接话。志贤把书丢在窗台上，夺过他手中的泥刀，搅拌了一下水泥砂浆。水泥砂浆像一锅烧煳的粥，沿着泥刀噗噗落在地上。志贤无法确定自己能否像小泥水匠那样举着泥刀日复一日地抹浆砌墙。但志贤可以想象自己未来漫长的苦读生活，想象在皂里高中的教室里，弓着背用书本和试卷垒起更高的墙。志贤放下泥刀，往水泥砂浆里啐了一口。"不许乱吐口水。"那小泥水匠用泥刀舀了一小撮水泥搅拌着，青灰色的粉末在晶亮的口水中变成青黛色。志贤直起身，发现脚踝边有个毛茸茸的东西在蠕动——一只小黑狗！"汪汪……"那小泥水匠放下瓷砖，轻抚黑狗的背。

小黑狗长得像生长在竹林里的小熊猫，脖颈和肚子上有白色的毛。那小泥水匠抱起它。志贤惊奇地发现，二者的眼神都流露出一种憨态。"这是谁家的狗，怎么跑进来的？"志贤不怕狗，但讨厌毛茸茸的动物。那小泥水匠说他也不知道狗从哪里来，但它经常跑过来玩。小泥水匠低头蹭蹭小黑狗的头，那小狗伸出肉红的舌头舔他的脸。手机震动，是一条垃圾短信。志贤点开微信，想在朋友圈里发点什么，发现小舅在五分钟前发了一条莫名其妙的消息："输与跌一样，就是轻松一跃。"志贤的喉咙热辣辣的。

志贤知道，小舅每天都看朋友圈，但他自己极少发。从前都是到了年末，偶尔发一两条，以表明他依然活着。此时，他不按常规出牌，不由叫人担心。志贤走出卫生间，给小舅打电话，对方没有接听。志贤给他发了一条微信，告诉他送台盆的还没来。他竟然回了，像个赌气的孩子，说他正忙，别烦他。志贤松了一口气，又点开朋友圈，想看看熟识的亲友有没有给他评论。奇怪的是，那条朋友圈消息竟不见了。小舅在干什么？志贤的脑海里闪现出小舅那张表情丰富的脸，他此时表情的变化是因为股票还是围棋？

卫生间里，那小泥水匠还在逗黑狗。小黑狗很聪明，小泥水匠拍拍手，它就直立起来。小泥水匠从裤兜里掏出几粒牛肉干，放在手心，小家伙就趴在他的膝盖上，急不可耐地吃起来。看来这是小泥水匠特意准备的，他在等这只小狗！志贤从窗台上拿了个方便面纸盒，想接点水给小家伙喝。这小狗却不领情，跳过水泥堆逃走了。"它要拉屎了，刚才放了一个很臭的屁……"那小泥水匠抽着鼻子笑道，"不信，咱们去瞧瞧。"这是个好主意。他们跟着小黑狗跑出门。果然，那小狗跳跃着奔下四楼，直奔一楼草地。尴尬的是，那小狗撅了撅屁股，却没有拉出来。它回头叫几声，又朝小区外跑去。"汪汪，别跑……"那小泥水匠叫唤着，却没停下脚步，志贤也不得不跟上。耳边风声呼呼，体内郁结的不明物体在奔跑中纷纷脱落，志贤体内多余的热气也从毛孔里钻出来，随着汗水排出体外。他们俩到底还是没追上小黑狗。志贤与那小泥水匠面面相觑。因为跑得太猛，小泥水匠索性脱掉了 T 恤衫，他那还没发育好的背脊，看上去像一只虾，只有上臂微微露出的肱二头肌，显示出他平时干的是力气活儿。"回去吧。"他小声道，脚却挪不开步子。

他们已跑出小区，站在新修的水泥路上。烈日下，水泥路向前延伸，两边的行道树在他们极目处聚成一个点。志贤感觉他和小泥水匠如果一直走下去，就会走到那个点上。"咱们索性出去玩玩吧！"志贤踮起脚，拍掉小泥水匠头顶的樟树叶。"玩多久？"小泥水匠茫然地望着水泥路嘀咕，担心活儿做不完，会被工头骂。志贤斜了他一眼说："天天干活儿，难得玩一次。"其实志贤也只是说说，并没有豁出去的勇气。小泥水匠伸出舌头舔了舔发干的嘴唇，淡黑色的胡髭微微翘起。

"去哪儿？"真要去玩了，又一时找不到去处。"去游乐场吧，我还一次没去过。"小泥水匠用征询的目光望着志贤。这个游乐场离新区不远，是镇上唯一像样的玩乐处。小泥水匠说，他哥几年前去玩过一次，挺不错的。去年妈妈送志贤来皂里时，也带他去过一次。妈妈因为担心，不许他玩海盗船、自由落体、飞天凤凰这些刺激的项目，志贤都羞于提起。他们打了一辆车去游乐场，下车时小泥水匠很仗义，主动付款，说："你是学生，还是我来。"志贤想推辞，觉得年龄差不多，不好意思，后来争不过，也就算了。

去游乐场中途会路过小舅所在的村子。小泥水匠突然有些担心地望着志贤，说："咱们走了，送台盆的来了怎么办？找不到咱们，你小舅会不会发火？"志贤一时也沉默了，小泥水匠说得有道理，听小舅在电话里的声音，他今天的心情肯定不好，万一送台盆的来了，找不到他们，到时小舅肯定发脾气，他们能承受得了？他对小泥水匠说："要不咱们先偷偷去看看他在家干啥，再去玩？""好吧。"到底是孩子，天生有一颗贪玩的心，眼睛一眨巴，小泥水匠就同意了。

于是，他们让出租车司机在公路上拐了个弯。到了家门前，志贤看到大门虚掩着，知道小舅肯定在家。志贤让小泥水匠在出租车上等着他，自己悄悄地进门去。院子里静极了，与平常完全不一样，志贤蹑手蹑脚地往屋里走。正屋方桌上，小舅正在和一个陌生人下围棋，两人表情肃穆，聚精会神，已经完全沉浸在围棋之中，对志贤的突然来访没有丝毫察觉。小舅做什么事都是非常投入的，此刻他正陶醉其中。志贤的嘴角露出会心的笑意——此时就是家里着了大火，小舅也不会在意，何况一个小小的台盆！志贤悄悄地退了出来。

　　"怎么样？"志贤一上车，小泥水匠就焦急地问。"走吧，放心地玩吧。"志贤说。悬着的心放了下来，两人在出租车上欢呼起来。

　　一路上说说笑笑，连出租车司机也跟着这两小子快乐起来，到了游乐场门口时，司机还对着他们感叹："看着不高，没想到都是大人了。""当然了！是，是大人了。"小泥水匠大声说，"到游乐场玩，我们买的是全票！"买票时，志贤主动掏钱，小泥水匠却一把拉开他说："我来，我来。"一副大人样子上前买了票，带着志贤进去。志贤发现里面跟去年没啥变化。一些七八岁的孩子脸晒得红红的，手里举着棉花糖和水枪。他们的父母撑着伞，腋下夹着各式塑料玩具。巨型的旋转木马在半空中有节奏地运行。那小泥水匠说："咱们玩这个吧。"志贤嘴里的矿泉水喷了出来。"玩这种小孩的东西……算了吧。"小泥水匠不好意思地搔搔脑袋，说他以前没来过，不知该玩什么，现在进门最先看到的就是这个，应该挺有趣的。志贤没有理他，直奔海盗船，他也只好跟过来。海盗船上坐了很多女孩子，船每一次往高处掀，就传来一阵恐惧的尖叫声。围观的小伙子们斜挎着女式包，举着遮阳伞，幸灾乐祸地笑着。女孩子们披头散发地下来后，他们走进去，小泥水匠本想跟着志贤坐到船头，却又转身坐到船身中间，大人的样子在那一刻一点也没了。"胆小鬼！"志贤笑骂道。

海盗船动起来，每一次摇晃，身体都飘飘忽忽，有种凌波微步的感觉。海盗船快起来，越来越快，身体像被拽到半空，五脏六腑都要被迎面而来的大风压扁了。船荡到最高点时，船上的人几乎齐声尖叫起来。志贤无法描绘身体的感觉，那种无比痛苦又无比快乐的瞬间。他希望快点停下来，心底却又隐隐期盼来一次更痛苦的高潮。终于，有那么一刻，哎哟哎哟的声音消失了，耳际竟传来小舅昨夜弹的凤凰琴曲："流水它带走光阴的故事，改变了一个人，就在那多愁善感而初次等待的青春……"那缥缈的琴声好似来自另一个世界，让疯跳的心脏在顷刻间静止。终于停下来了，小泥水匠的脸像涂上了树胶，他哆嗦着嘴唇，说再也不玩这么危险的游戏了，感觉好想吐。他揉着胸口，拼命地深呼吸。其实，志贤更想吐，但他偷偷吞咽着口水，装作若无其事的模样。小泥水匠缓过劲来后，点了一支烟，凑到志贤的耳朵边小声说："刚才我难受得都要失禁了……"志贤忍着笑，调侃道："你不是大人了吗？连这点胆子都没有？"

小泥水匠抬头不好意思地看看志贤，低下头去，没有再吱声。接下来的活动，小泥水匠强烈要求自己选择，这时，他不顾刚才志贤的调侃，强词夺理地说，因为他是大人，已经踏入了社会，应该自己做主。"你算什么大人。"志贤撇撇嘴。"我就是大人，已经自食其力了。"小泥水匠说。

志贤为了照顾他，陪他玩了几次碰碰车和巨型滑梯。这让他想起多年前和岛城的同学一起去郊游。志贤胸前飘着红领巾，左臂上挂着红色的一道杠，感觉自己就是最幸福的人。小泥水匠从青蛙跳上下来，对志贤说他喜欢玩这类游戏，稳稳的，五脏六腑不会掉出来。他瘦削的肩头耸动着，像个穿着大人衣服的小孩。可志贤实在忍受不了这些毫无刺激感的游戏，他径自跑开，既然已经长大了，就要去做大人该做的事，玩大人该玩的游戏。

志贤不知道接下来该玩什么，他看向海盗船南面的地面蹦极。那是游乐场最高的设备，也是镇上最高的建筑，玩起来很惊险，也很刺激。去年，妈妈带志贤来玩，他曾偷偷挤进人群排队，被妈妈发现后拖回来。这会儿，志贤站在它的下面仰望着，它像一座电塔高耸入云，下面拉着一条红色横幅："地面蹦极，有梦想有勇气的就来吧！"当年英语老师敲着黑板，问他们有没有梦想，志贤想眼前这个钢铁巨人就是梦想，从上面垂直跌落下来也是梦想。此刻，一群有梦想的年轻人站上了塔顶，钢缆粗细的安全绳索拴住了他们的双脚。两个戴着红色尖帽子的工作人员逐个检查安全措施。机器开启，前面几个人跌落下去，尖叫惊呼，声音细长尖厉。有几个在等待的女孩子也开始轻声叫唤，说不清是兴奋还是害怕。他们的脚像一朵朵大礼花，在空中绽开。突然，一阵近乎痉挛的尖叫声划破天空，上面的人像一架失控的飞机一样迅速坠落。他们的脚好似一把大伞撑开，同时撑开的还有志贤的小心脏。

好爽！一拨人下来后，志贤迫不及待地坐上座椅，跟着机器登上了塔顶。他在工作人员的监督下在双脚上绑好安全绳索，透过工作人员红色的帽檐，志贤瞥见横幅的边角在风中摇摆。"不要怕，没事的。"围观人群中，一个穿无袖T恤的青年男子大叫着，他大概在鼓励已经上去又非常害怕的女友。工作人员吹响了哨子，一个穿西装短裤的年轻女孩突然捂着脸哭起来。工作人员只好帮她解开绳索。她的临阵脱逃，引起一阵小骚动，但没有影响大家继续玩的兴趣。随着机器的启动，志贤的脚脱离了地面。天空蓝得像刚洗了一遍，太阳似乎在慢慢下沉。脚离开地面一定高度时，志贤看到下面仰望的面孔，那感觉很不错。志贤突然忆起老屋墙上小舅的草书。志贤此刻的心情就像那些自由飘逸的字，俯瞰着下面的芸芸众生。大概快到最高点了吧，下面的喊声被周围杂乱的叫声掩盖了。志贤望了望脚下，感觉他已经置身在云层中，就要融入蓝天，就要脱离这个世界了。啊，再见啦，这个让他不知所措的世界！突然志贤感觉身体一阵剧烈颤抖，喉咙里涌出一股腥味，五脏六腑像要在瞬间呕出来。"啊……"潜意识中，志贤拼命去抓安全绳索，身体缩成一团。"啊……我要死了！"世界突然静止了，志贤都不知道自己什么时候闭上的眼睛，再睁开眼，像进入了一个陌生的世界。耳朵听不见了，志贤茫然地望着蓝色的天空，竟一时想不起是怎么回事。似乎过了很久，耳朵才慢慢听到叫嚣声，原来他们的身体悬在空中，没有再上去也没有再下来。出故障了！身边的两个女孩子哭起来，下面的围观者潮水一样涌动着、叫喊着、咒骂着。志贤左侧那个中年男子晃荡着双脚，对志贤说："小伙子，没事的。"志贤张了张嘴，却没发出声音。志贤右侧那个戴玳瑁眼镜的年轻男子吹了一声口哨，说："要是这样完了，那我们就有机会上网络头条了。"志贤朝下望了望，估计不出距离。大概只有几米就到地面了吧。直觉告诉他，这样悬在空中只是暂时的，但他的耳际又一次响起小舅用凤凰琴弹奏的曲子："遥远的路程昨日的梦，以及远去的笑声，再次的见面，我们又历经了多少的路程，不再是旧日熟悉的我，有着旧日狂热的梦，也不是旧日熟悉的你，有着依然的笑容……"

"喂，你还好吗……"一个声音传上来。在众多的杂音里，志贤居然能分辨出那是小泥水匠刚刚变嗓的声音。"我一直在找你，看到微信群里有人发地面蹦极的视频，才知道你挂在上面了。"他说话的声音很平静，就像志贤只是挂在路边的柳树上，等下自个儿就会下来。他这样的声音，似乎让周边的人很愤怒，大家都在拼命挤他。他像只猴子在人缝里钻，努力扬起脖颈，让志贤看到他的脸。志贤的鼻子一阵发酸。志贤不知道自己还要在这个铁架上挂多久。在那个惊魂瞬间后，大家一直悬在空中。尽管下面的工作人员忙成一团，但还是没弄明白机器究竟出了什么毛病。很多人已经崩溃，好像下一秒不平安着陆，就会死无葬身之地。志贤的头皮也像被揪起，老是担心双脚会随着鞋子落下来。

有一阵子，志贤看到小舅在月光下舞剑弹琴，非常神往。那会儿正好看多了武侠剧，也偷偷找了妈妈的量衣尺在月光下"练功"。当时，志贤对轻功的想象到了走火入魔的境地。每次走楼梯到二楼的休息平台，志贤总脚底发痒，想象自己跳下去会是什么感觉。就像学了电学后，看到电水壶托盘上西瓜籽大的电热片，脑子里总有碰触它的强烈欲望。可是就在刚才，曾经那些荒唐的念头全部消失了，志贤只盼望着平安着陆。"喂……还好吗？再坚持一下！"下面又传来小泥水匠的声音。志贤舔了舔被太阳晒得发干的嘴唇，想让舌头制造一点唾沫出来，可嘴里全是苦味，倒是之前闻到小泥水匠身上的那股烟味，似乎在嘴里盘旋。救星终于来了，消防车的鸣笛声越来越近。终于，钢铁侠一样的云梯伸上来。穿橘色背心的消防员和戴红色尖帽子的工作人员坐云梯来到他们身边，像拆机器零件一样拆下他们身上的安全绳索，把他们安全接到云梯上。

　　"还好吧？"小泥水匠拍拍志贤的肩问。志贤蹲在地上，忍着眼里的泪水，点点头。小泥水匠告诉志贤，大概是跳楼机的钢丝绳断裂了，设备的保险措施启动，他们才停在半空中。要是没有保险措施，那……他看了看志贤，没有再说下去。志贤艰难地站起身，小泥水匠扶着志贤往外走。两人都没说话。其实，志贤很想问他，为什么"地面蹦极"又叫"跳楼机"。

　　烈日已经隐去，两边的行道树树叶像被射杀的猎物，纷纷飘落。他们一路沉默着，偶尔对视，目光又快速分开。"神经。"志贤轻声骂道。劫后余生，志贤越发觉得跟小泥水匠在一起有一种兄弟般的亲切。走在水泥路上，志贤又发现行道树在极目处相交的那个点。志贤掏出手机，试图拍下那个模糊的点。那小泥水匠却搂住志贤的肩，嚷着要跟志贤自拍。没有自拍杆，他们只能将就着拍。志贤拿着手机来回移动，试图拍到背后的风景，小泥水匠则做着各种鬼脸。"等会儿发给我哟。"他拍拍志贤的肩说。志贤动动大拇指把几张照片发给小舅。"虽然，我从来不发声，但我还是爱你们的，也爱这个千疮百孔的世界……"这是小舅朋友圈里的一条消息，是他去年除夕夜写的。

回到楼上，已近黄昏。卫生间墙砖上的橘色红印渐渐褪去，天暗淡下来，还是不见小舅的影子。志贤给小舅连打三个电话，都没人接。小泥水匠的哥哥倒是打电话说要来接他，听得出他哥待他不错。"我坐我哥的摩托车回去。"小泥水匠在水龙头前清洗脸和手臂。"留个微信怎么样？别忘了给我发照片哟。"他用毛巾捂着半张脸，对志贤挤挤眼睛。"以后，你不用来监工，我直接拍照向你汇报进程。"这主意不错，志贤爽快地报出微信号。他输入号码后，笑起来。"你的微信名为啥叫'空空的脑袋'？"志贤踢了他一脚，说："你这人，这有必要问吗？"他打了个响指，跑出门。"说真的，其实我很佩服你的勇气，那跳楼机还是不错的。"他跑到三楼休息平台，又回头高喊一声。志贤眼睛一热，有一种拥抱他的冲动，但志贤没有行动，只是默默地通过了他的微信好友请求。

楼下响起发动机的声音。志贤从窗口往下看，只见三个男人前胸贴后背地挤在同一辆摩托车上，小泥水匠像只烧饼贴在中间。他们的车子一启动，歌声就从车载音响中传来："想飞上天和太阳肩并肩，世界等着我去改变，想做的梦从不怕别人看见，在这里我都能实现……"志贤脑海里，一群青春靓丽男孩的舞步跃动起来。志贤也忍不住哼起来："我相信我就是我，我相信明天，我相信青春没有地平线……我相信自由自在，我相信希望，我相信伸手就能碰到天……"志贤放开声音唱着，手脚也随意地摆动起来，空荡荡的房子里响起了回声。志贤突然想，其实没什么大不了的，很多事坚持一下就过去了，英语呀，中考呀，也许并没有志贤想象得那么可怕。

　　天越发暗了，志贤下楼走出小区。这时，小舅来电话了，声音明显有了改变："你怎么还不回来？没见天都黑了。""你还顾得上管我？棋下完了？"志贤说。"你怎么知道我下棋了？"小舅先是一愣，接着问道。"你再有事瞒我，我就给我妈打电话。"志贤说。"你妈叫我照顾你，可你却当余则成。"小舅笑，"没良心。""战况怎么样？"志贤跟着笑。"棋输得一塌糊涂，不过股票长了，有收获。"小舅笑，"快回来吧，晚上小舅请客，奖励你今天的劳动。""台盆还没送来呢。"志贤抱怨道。"送什么，今天送不来了，快回来，我带你去喝羊汤。"小舅大笑。从小舅爽朗的笑声里，志贤明白，小舅早就知道今天台盆送不来，他把自己支开，是想腾出时间专心下围棋，在安静的氛围里过他自己想过的生活。志贤并不生气，反而感觉到了小舅的狡黠和可爱，他的生活并不像妈妈说的那样糟糕，而是充实紧张，充满乐趣！小舅有他自己的生活和乐趣！

　　西边的天空还残留着一抹橙色霞光，夜风卷落了路边被烈日烤瘪的枯叶。一只黑乎乎的小东西从荒弃的草地里钻出来，是那只小黑狗。志贤学着小泥水匠叫唤它，它奔跑的样子，再次让志贤满血复活。志贤慢慢跑起来，眯着眼寻找水泥路尽头的那个小黑点。志贤猜想，那个小黑点会越来越近。也许，它就是志贤和小泥水匠共同的出发点。

奶茶

店老板抽出一根吸管，将它和西瓜味奶茶一并递给小家时，还随手给了他一份晚报。小家翻了翻晚报，在本埠新闻里，头条新闻是"本市再现神秘抢劫案"——

记者云菲菲11月8日报道：昨天下午1点钟，中山路129号吉祥公寓2号楼内，一名刚从银行取款回家的居民被人用砖块砸伤脑部，歹徒抢走了他身上的3万多元现金。

昨天中午，吴先生从小区附近的银行里取了钱，当他回到居住的公寓楼内时，后脑勺突然被人用重物狠狠砸了一下，吴先生未来得及反应就昏了过去……

小家拿着报纸警觉地看了看左右。他拿起西瓜味奶茶吸了一口，觉得并没有人注意他，就继续看报纸。

店老板问："这是今年第几次抢劫？"

小家说："报上说是第五次。"小家说完，在脑海里过了一下，心想，是第五次吗？是，真是第五次！现在的媒体还真是准确。每次小家都会来这里喝杯奶茶，每次都选一种不一样的味道，这次是西瓜味的，也不知道这里到底还有多少种口味。

这时，旁边一个戴太阳镜的女孩叫起来："老板，我要的是菠萝味的！"说着举着一杯奶茶走了过来。

一股浓郁的香味沁入鼻腔，小家有点要迷醉的感觉。

老板皱了皱眉头，说："不是要一个木瓜味一个香橙味的吗？"

女孩摘下眼镜挂在胸前的衣服上，把奶茶往柜台上一放，说："搞错啦，一个木瓜味一个菠萝味，菠萝啊！"

老板忙赔笑道："行行，我给你换一杯！"

女孩的皮肤很白，看上去性感迷人。真漂亮！小家在心里说。他本来要走，但看到那女孩掏出一张钞票却没有递给老板，便继续装着看报纸。

"歹徒越抢越近了，也不知为何，都发生五次了，警察还没有破案。"店老板又说。而小家的心里在想，木瓜味和菠萝味的奶茶我还没有喝过呢。

吉祥公寓离这里很近，从这里甚至可以看到吴先生取款的那个银行，小家有意无意地看了一眼那银行的大门，用余光去看喝奶茶的女孩，隔壁小桌上两个年轻的女孩都很漂亮。

店老板好像看穿了小家的心思，或许在他的眼里小家已经是熟人了，便坐到他的对面，目光也朝那两个女孩看过去，然后回头说："有意思就请人家喝杯奶茶。"

小家笑笑，没话找话地说："这事老发生下去，能行吗？"

"怎么行？"店老板说，"越来越近。说不定哪天就会发生在咱们头上。"

"你还行，有这店，也有钱。"小家说，"我有什么，一个外来人，无家无室，连钱也没有，抢我有什么用？"

"这难说啊！歹徒可不光找有钱的抢，吴先生有钱吗？"店老板感叹，"吴先生一个鳏夫，生活清贫，一辈子只存了这养老养病的三万元钱，还让——太凄凉了！"

"吴先生自己住吗？"小家问。

"你都来这么久了还不知道？"

小家摇了摇头，他真的不知道店老板说的情况。正值下午两点过一点儿，这家小奶茶店顾客不多，除了他和店老板，就是旁边的那两个女孩，女孩一边喝着奶茶一边玩手机，他们互不打扰。小家和店老板有了说话的时间。小家想问店老板奶茶一共有多少种口味，店老板却在说昨天出事的吴先生。

邻居或者熟悉的人出了事，大家都是同情的，何况店老板又了解吴先生的情况，这种诉说或许也是一种同情。吉祥公寓虽然位于热闹的中山路，却是老小区，房子也都是过去的老房子。吴先生孤身一人住在这里，老伴早就去世了，他的身体也不是太好，由于没儿没女，老了没人照顾，就把老家的一个远房侄女过继过来，照顾自己的生活。

"远房侄女？"小家疑惑，"有血缘关系吗？"

"这不知道。"店老板摇摇头，稍过了一会儿，又说，"应该没有吧，要是真有血缘关系，两人怎么会住到一起？"

　　"住到一起？和他侄女？两人的年龄差这么多，这吴先生老不正经啊！钱活该被人抢走，谁让他欺负年轻姑娘！"小家先惊讶，后又责骂，心里竟然有股侠客般的自豪感。

　　"不是你想的那样，是他那远房侄女不正经，她看中了吴先生一辈子微薄的积蓄，如今有的女孩子现实得很。"店老板说着，在靠背椅上仰了仰身。

　　店老板忽然注意到旁边喝奶茶的两个女孩正用指责的目光望着他，他说话的声音大了，两个女孩已经听到了他说话的内容。店老板急忙歉意地摆手，小家也扭过头去，把手里西瓜味的奶茶举了举，笑着表示歉意。

　　两个女孩扭过头去，事情就算过去了。店老板压低声音继续说："那远房侄女为了留在城市，觊觎吴先生的房子，主动献身，后来吴先生识破了她的诡计，只好从自己的存款里取出一笔钱给她，想把她打发走。可是这侄女不是他想的那么好打发，钱收了人还是不走。"

　　小家端起奶茶又喝了一口，说："那吴先生这钱更该被抢了，要不然都落到了那侄女的手里。"小家杯子里的奶茶已经见了底，但店老板意犹未尽，就用示意的目光问他："怎么？再来一杯？"

　　小家本来想说，不要，别坏了我的规矩，但是他回头看了看还在喝奶茶的女孩，隐隐约约地感觉到心里的那个规矩可能要变了，竟一时没有回答。

"我刚好调制了新产品，尝尝。"店老板说。

"好呀。"小家点头。

店老板起身去调配奶茶，小家又偷偷去看那两个女孩。两个女孩边交谈边玩手机，看样子很忙碌。店老板就那么无意说了句话，她们竟能听得见？小家突然有些紧张起来，准备找个时机离开，在一个地方待久了并不是什么好事。

店老板把新调配好的奶茶端了上来，样子很好看，颜色黄灿灿的，温暖而惬意，给小家的感觉很舒服。

"尝尝，香蕉、柠檬加奶，名字叫贴心。"店老板说。

小家喝了一口，味道是不错，心里感觉也极舒坦，就点头说："很好，真不错。"

店老板又在他的对面坐下来。"吴先生现在惨了，他那侄女带着钱找了人家，走了。吴先生病了，才取出仅剩的钱要去住院，结果钱没了。"

"给他侄女打电话呀！"小家说。

"今天早上打了，人家都没接，现在吴先生还孤零零地在医院里呢！真可怜啊！"店老板叹着气。

"可真是——"小家也莫名其妙地跟着叹气，端起贴心奶茶喝了一口，"唉！日子可不像奶茶这么贴心啊。"

两个女孩喝完奶茶起身要走，她们从小家和店老板的旁边经过，别有深意地看了他们一眼，弄得他们怪不好意思的。小家急忙端起奶茶挡着自己的脸，把目光转向一边。女孩们走出奶茶店，小家看着她们的背影，心底舒了口气。

"没结婚吧？"店老板向他摆手，小家收回了目光。

"我是外地人，在这里待不长。"小家苦笑。

"这些女孩也不全是本地人啊。"说到这里，店老板的语气里有些优越感了。

小家抬头望着店老板的眼睛，店老板被他看得一愣神。小家笑着说："不要紧，外地人也有外地人的好处。"说完就朝着店老板坏笑，仿佛在说：本地人怎么啦？本地人出事就不害怕吗？

小家掏出钱包，挑了两张比较旧的钞票扔给店老板，然后走出奶茶店。

"去追吧，来得及。"店老板在他背后喊。

小家回头冲店老板笑笑，然后望向广场上来来往往的人流。刚才奶茶店里的两个女孩已经不见了踪影，走得可真急，他想或许美好的东西和记忆都是来去匆匆的。他在广场的长椅上坐下来，教堂大门前很热闹，人很多，白色的鸽子在碎石铺成的小路上慢慢踱步。鸽子和行人相处得很友好，在这里见的人多了，它们一点儿也不害怕，即使真有危险也不会刻意防范，就像自己从外地来到这里，不也熟悉了吗？

一对新人在拍婚纱照，新娘很浪漫，拉着新郎的手往碎石小路上跑，要在他们的婚纱照上拍上逍遥自在的鸽子。

起雾了。广场位于海边，下午总是时不时地起雾，有了雾气，世界就变得朦胧起来。小家喜欢这样的时刻，也喜欢这样的环境，他喜欢在雾气中观察各式各样的人，这样人在他的眼中就若隐若现，没有太多的顾忌。

教堂门旁边有一个女孩在卖奶茶，女孩也很漂亮，他又有了喝奶茶的冲动，但他忍住了，因为今天他已经打破了自己的规矩和习惯，多喝了一杯贴心奶茶。

雾好像更浓更大了。小家感觉到自己的衣服有些潮湿，广场上的人仿佛也在渐渐散去。那几个拍照的人一点儿也不养眼，该去哪里呢？小家的目光绕着广场转了一圈，最后停留在卖奶茶的女孩身上。

今天我已经多喝了一杯奶茶了，小家在心里提醒自己。他强迫自己不再去看那卖奶茶的女孩，站起身，往广场一角的地下停车场走去，脑海里又出现那句话——我今天已经多喝了一杯奶茶了。他走上人行通道，在转身的刹那，又故意扫了一眼那个卖奶茶的女孩。

小家从人行通道下到地下停车场，这里在重新装修，还没有完全竣工，地面上积满了粉尘。脚踏到上面，像踩在雪地上一样，会留下脚印。小家心里一惊，迟疑了一下，心里责怪自己今天这杯贴心奶茶真不应该喝。他迅速观察了地上的脚印，虽然看似清晰，但又杂乱而无法辨别，一个新的脚印踩上去，此前的脚印立刻被覆盖。他松了一口气，犹豫着要不要继续往前走。

正犹豫间，一个柔和的女声响起："不去……睡觉……晚上几点……好……"

小家看到一个女孩正打着电话，慢慢从他身旁走过，肩上挎一个白色的包，斑马纹的裤子紧紧缚在腿上，散发着撩人的性感气息。今天我已经多喝了一杯奶茶，他的潜意识又在提醒他。女孩并没有向出口走去，而是走到了一辆孔雀蓝的轿车旁边。汽车的示廓灯闪烁了一下，女孩拉开车门坐了进去。轿车崭新锃亮，闪耀着圆润而富有质感的光泽，最重要的是还没有挂牌照。

小家忽然感觉体内一阵阵发热。他下意识地摸了摸裤兜，掏出一双手套，快速戴上。汽车发动了，慢慢往后倒。在它准备前进的时候，小家拉开右侧车门，轻盈地闪了进去。

"啊！"女孩尖叫起来，声音颤抖而尖利，听上去让人发怵。

小家掏出一把弹簧刀，"嗖"地弹出刀锋，抵在女孩的肋部，低声说："不要动，继续往前开。"声音平静沉着，不见丝毫慌乱。

女孩惊恐地看着小家，她的嘴角抽搐着，瞪大的眼睛流出了泪水，她啜泣道："你……你要干什么？"

小家手一用劲，刀锋向前送了几厘米，他恶狠狠地命令道："开车！只要认真开车就行。"女孩又"啊"了一声，但她很快自觉地压低了声调，车子缓缓地驶出去。她明白此时一切的反抗和挣扎都没有用，反而会带来相反的效果。她把车开出停车场，转过广场驶上大马路。女孩的眼泪止住了，她似乎镇静了些，像是无意间按了下车窗上的按钮，车玻璃往下滑了一点，闪出一条缝，一股新鲜的空气涌进来。

"关上！"小家厉声道，"不要耍这些小花招，想安全就认真开车。"

女孩看了他一眼，一副哀怨而可怜的神情，但她还是默默地升起了车玻璃，一切又与外界隔绝了。

"沿海边走。一直走。"小家说。

按小家的路径，车子绕开了设有警亭和监控摄像头的路口。驶到海边后，就避开了繁华热闹的市区，路上的行人和车辆更加稀少。偶有几对热恋中的男女，紧抱着坐在河边的木椅上，仿佛超然物外。车子从林荫下穿过，悄无声息。

"你……你到底要干什么？"女孩的声音不自觉地变得喑哑起来。

小家手中的刀子已不再抵着女孩的肋部，他将它叠起，再一按按钮，刀子"嗖"地弹开，叠起，再弹开……声音"啪啪"的，极其清脆，听上去很令人害怕。

"去水峪。"他说。

女孩蹙了下眉头，说："……为什么去水峪呢，没什么好玩的……也太远了啊。"

小家想起了什么似的，说："手机拿出来。"

女孩看了看小家，冲后排座位噘了下嘴，说："在包里。"

小家拿过那个白色的挎包，拉开拉链，掏出一个粉色的手机。他没有关机，而是将手机调成静音，再锁上键盘装进自己的口袋。他嘴角一咧，怪笑着说："我先替你保管着。这样有人打你电话，听不见就不用接。"小家不傻，现代人手机怎么能随便关机，关机反而会引起怀疑。

"……你到底要干什么？"女孩一下子又抽抽搭搭地哭起来，"包里有一千多块现金，银行卡里钱不多，但我可以告诉你密码……"

小家伸手摸了摸女孩的脖子，他感觉女孩的身体哆嗦一下，于是安慰说："别紧张，把车开好。"他翻出女孩的钱包，确实如她所说，只有一千多块钱，还有几张银行卡、超市积分卡、美容卡和身份证之类的。小家把女孩的身份证拿在手里，认真地看了看。女孩名叫田甜，生于1988年，本地人，住的地方竟然距离奶茶店和吉祥公寓不远。

小家把钱掏出来，装进裤兜里，其他东西原样放回女孩的钱包，还对她说："我不要你的手机，不过要走的时候才能还你。"

"这么说你不打算杀死我了？"叫作田甜的女孩怯怯地说。

"你想死吗？"小家坏笑着望着她。

女孩扭过头不再吱声了，只是认真地开车。

水峪是城西的一座土山，由于相隔不远有一座风景秀丽的小山，水峪就一直被冷落着，没有被开发，保持着原始的山野风貌。去这里的人极少，在城里人看来这是荒凉的地方，在荒凉的地方，谁也不敢说会发生什么荒唐事。

车子行至一个转弯处，路面宽一些。

"车子也可以给你，只要让我下车……"女孩终于忍不住了，声音颤抖着说。

"停车吧。"小家淡淡地说。

女孩松了口气，立刻将车停在弯道的路沿。

小家看着女孩的脸蛋，她皮肤白皙，鼻梁高挺，眼角狭长，透出一种英武而性感的韵致。他把手伸到女孩的脖子后面，一把将她搂了过来。

"田甜……"小家把鼻子埋进女孩的头发里，喃喃自语。

女孩挣扎了一下，但她好像很快意识到了自己的处境，身体软了下来，变得乖巧。

小家把手套脱下来，这样他的手掠过田甜的皮肤，会有一种更妥帖而真实的质感。他一会儿把手放到田甜的后腰上，一会儿把手伸进田甜的领口里，一直重复着这两个动作，仿佛不知疲倦。

"田甜，你真美……"小家说。

田甜笑了起来，声音也变得清脆，仿佛很轻松，她说："那就让我做你女朋友吧！"

小家撇了撇嘴，躺倒在座椅上说："如果有你这样的女朋友，我会幸福死的。可我是外地人，你能看得上？"

田甜趴在小家身上，说："只要你不嫌弃我结过婚。"

小家问："你结婚了？骗人吧？"

田甜把脸埋进小家怀里，柔声说："结了两个月就离了。"

"哦，这叫闪婚是吧！"小家说。

田甜捶了小家一拳，叫道："这哪叫闪婚啊，你如果明天娶我，这才叫闪婚。"

小家笑了，他用手摩挲着田甜的头发，她温顺得像只猫儿。

"我还不知道你的名字呢！"田甜嗲声嗲气地说。

天色渐渐暗了下来，雾气更加浓重，远处的大山呈一片黛青色，轮廓都有点模糊了，越发让人有种不知身处何处的感觉。

"我们回去吧！"小家说。

"就这样回去？"田甜惊奇地望着小家，根本不敢相信他说的话。

"你还想干什么？走吧，回去吧。"小家说道。

田甜眨了眨眼睛，她发动车子，又用疑惑的目光看向小家，小家没有反应，田甜这才掉转车头往山下开去。路灯陆续亮了，在浓浓的雾气中闪烁着昏黄的光芒，车行进着，慢慢接近城区。小家从裤兜里掏出钱，装回田甜的钱包。正在开车的田甜看了他一眼，没有说话。

小家自嘲地说："逗你玩的！"

城市里已经闪烁着灯光，顺山路而下，如同慢慢坠入繁华的现实世界。小家说："明天一起吃饭好吗？"

"好呀！"田甜眼睛盯着前方，语调轻快地答道，"你记下我的手机号，留微信也行，不然以后怎么联系啊？"

小家没言语，从裤兜里掏出手机准备递给她，虽然手机静音了，但是屏幕上荧光闪烁，不时有微信发来，使小家惊奇的是，从屏幕上的显示看，女孩的微信名字竟然叫奶茶。

"你微信的名字叫奶茶？"小家低声问道。

"不行吗？你的名字不会也叫奶茶吧？"女孩说。

小家笑了笑，没有再言语，只是默默地看着这个叫田甜的开车的女孩。

车子走到沿河路时，小家示意停车。

"再见面时，会告诉你我的一切。"小家站在车窗外挥手说。

小家原本有个女朋友，但自从他迷上玩赌博机之后，女朋友就与他分手了。小家的钱，在该死的赌博机上被一点点耗尽了。家里托熟人帮他在私人公司找了份维修工的差事，工作辛苦不说，薪水又极低。恰逢女朋友意外怀孕，他连人流手术费都掏不出来。女朋友不声不响地离开了他，一声告别都没有。而他在家乡无路可走。

小家在家里睡了一天，傍晚，他给田甜打了个电话。

"嗨！"小家说。

"哦……"那边答。

似乎不需要更多的语言，田甜已经知道了他是谁。

"晚上一块儿吃饭吧！"

"呵呵，晚上啊……"

"我很想见你，好吗？"

"……好吧……"

"晚上七点，我们就在广场紫兰餐厅见。"

挂了电话，小家洗了个澡，又刮了胡子。他很少在傍晚刮胡子，这是第一次。他有一套笔挺的西服，但很少穿，觉得别扭。但今天他试了试，竟然觉得挺精神。

时间还早，小家出门以后，先步行走到奶茶店。店老板一看到小家，笑问："还来杯西瓜味的吗？"

"不，来杯你新调制的贴心奶茶吧。"小家说。

"好啊。"店老板说，"你喜欢上啦？"

"吴先生怎么样了？"小家答非所问。

"还关心他啊？能怎么样？还是那副凄惨的样子呗。"店老板说。

小家捧着一杯温热的奶茶，一口一口地吸着，目光有意无意地看向外面的建筑和行人，远远地看到紫兰餐厅时，小家看了下表，比约定时间早了二十分钟。

他又抬头看了一眼紫兰餐厅的标牌，忽然感觉到一种过于平静的气息，平静得让人有点不安。他迅速拐进一家游戏厅，里面烟雾缭绕，喧哗嘈杂。他走到二楼的一扇窗户前，静静地看着紫兰餐厅的周围。有四辆汽车停在餐厅的两边，看起来很随意，但细看它们又互成掎角之势，有两辆车的后玻璃窗还留出一条缝隙。他的心尖锐地跳了一下，一股刺痛袭遍全身。

游戏厅有一个后门，是运送游戏机的通道。小家疾步下楼，健步向后门走去。路过柜台的时候，里面站立的女服务员向他点头致意，小家把手里的贴心奶茶放在了柜台上。

刚走出门，小家就感到一股压力向他袭来，他想挣脱，于是疾步冲向那条窄小的胡同，可是来不及了，几个魁梧的身影围了过来，他一下子被压倒在地，手被反剪在身后铐上了手铐。

小家被从地上拖起来，只听到一个警察在问："是他吗？"

"是。"

小家顺着声音望过去，只看到一个美丽的背影，没有看到那张清秀的脸庞。或许这就是最好的结局吧。

"带走。"小家听到有人喊。

两位警察把小家架在中间走向警车，在被带上车的刹那，他回过头来，望向了那家熟悉的奶茶店，他看到店老板正站在门前愣愣地望着他，手里捧着一个厚厚的牛皮纸袋，眼睛里充满了迷茫。

"小家。"店老板大声喊道。

小家没有回答，冲着店老板微微一笑，转身上了警车。